Bewusstes Sein, die richtende Stille Gottes

Ohne Titel, Gott trägt auch keinen, das „bin ich" ...
der Autor

Reinhard H. Sajonz

Bewusstes Sein,
die richtende Stille Gottes

... oder, das nahende Ende eines ersten Mythos

Bibliografische Information der Deutschen Bibliothek:
Die Deutsche Bibliothek verzeichnet diese Publikation in der Deutschen
Nationalbibliografie; detaillierte Informationen sind im Internet über
<http://dnb.ddb.de> abrufbar.

© 2005 Reinhard H. Sajonz
Herstellung und Verlag: Books on Demand GmbH, Norderstedt
ISBN 3-8334-3891-6

Vorwort

Dieses Buch ist der Mensch ... jeder Mensch denkt seinen eigenen Gott, so gibt es keinen selben für den anderen, dagegen kann es helfen. Inzwischen hat die Naturwissenschaft die Seele als substantiell empirisch nicht entscheidbar, aufgegeben, wo noch restlich, dort aber gilt sie als unsterblich.

Lesbar ist diese Welt kaum noch zu verstehen, und deswegen denken wir »bewusst« (beabsichtigt), dort, wo unter »bewusst« nicht ausdrücklich erwähnt, dort leer, absichtslos von meistem, weil es bewusstlos nicht ginge.

Dieser Gedanke ließ mich das Wort von der »Le?re« herausfinden. »Mensch« gibt es in über 5.000 Sprachen, nur zwei sind bekannt, die eigene und jene, über die er sich technisch fortschreibt. Schwere- und vermutlich auch bibellos hat derweil der Kuckucksgeist auf der Erde seine Seiten gewechselt, die »Petrea-Schlange« und Schlange in der Schlange an allem einst Biblischen ist dabei, der Gott-Schöpfung ihre Bedeutung streitig zu machen. Den »nevergreenen Feldarbeiten«, entdeckt durch A. E. Einstein, zollten wir unser höchstes Lob, die immergrünen Feldarbeiten auf unserer Erde hätten es zuerst verdient.

Ansonsten halte ich ein weiteres Vorwort an dieser Stelle für fehl am Platz, lebenssinnwert-bewußt[3] besteht daraus das ganze Buch. Drei sprachliche Meilensteine liegen dieser Geschichte quer im Weg, so steht der Buchstabe »ß« (sz) für Sinnzusammenhang und die beiden Buchstaben »ss« nebeneinander für Sinnsuche, die Ziffer »3« weist auf den Raum im Wort hin und auf seine Mehrfachdeutung die es oft zulässt.

Einst über Meeresfrüchte den großen Wassern entstiegen, stehen wir mit 70 % Wassergehalt pro Person den Robotern aus 100%igen Feststoffen gefertigt benachteiligt gegenüber, das sollte uns zwar nicht ängstigen, doch einiger neuer sprachlicher Meilensteine, das braucht es gewiß.

Bewusstes Sein, die richtende Stille Gottes

Da sitze ich auf dem Beckenrand meiner Laufzeitreise vorwärts und blicke tief verwundert in sein schwarzes Loch, was an es Literarischem aufsaugte, das gab es stets an seinem Ende wieder frei zumeist rechtvergnüglich wiederbelebt nun aufgefrischt verbesserten Stoffes unseren Kampfgeisterdkunden. Kampfgeisterdkunde, an diesem Wort scheiterte ich bereits an seiner richtigen Betonung, oft erschien mir dabei ein Buchstabe als zuviel oder zu wenig.

Früher nannten sich gefürchtete Freibeuter Könige der Seeräuber, heute gibt es sie als Meeresräuber. Ich weiß nicht, was teilt unsern Geist auf, die Person oder das Tier das ihn nicht hat, andererseits der Geist von Kyoto ihn haben soll.

Ich vermute den Geist inzwischen an einer Bleistiftvergiftung verstorben, als ein Schuldgeist ließ er sich nie blicken, in Gedrucktem erscheint er so wiederholt, als dächte es ihn allein von Nachruf.

Allerdings will ich nicht ausschließen, das sich der Geist über die Widerhaken an der »Petrea-Schlange« unwiderruflich, nur mehr der Technik zugewandt hat.

Inzwischen ließ es mich selbst unsern »Geist«, so le.r auf den Punkt gebracht, als einen veränderten begreifen, sein Billiges bestimmt beinahe jeden unserer Wünsche zur geistigen Beute.

Nahezu unbewusst lässt es eigentlich uns nur das finden, das wir gar nicht wollen, die »Schizophrenie in der Lebenssinnwert-Erwartung«. Sein, Gewalt, durchdringt Berge, pausenlos wünsche ich es meinen Gedanken, dass sie es allein friedlichen Spaziergangs darüber zu schaffen wagen.

»Wir können garnicht mehr begründen, warum wir überhaupt **sollen** was wir sollen«, heißt es derweil wie geeignet soziologisch dazu festgestellt.

Ohne Labor kein Mensch mehr ... mit Labor kein Mensch[3] mehr, also, welcher Geist brächte dafür noch Verständnis auf.

Und dass es ein »technisches Tor« zum Himmel geben soll, ich mag's nicht glauben, dennoch erledigen technische Knöpfe, beinahe wie verabredet, beider Geist gemeinsam ihnen ihre Erleichterungen inzwischen bequemer lässig, trickmännisch steht man[3] heute bereits der Frage gegenüber ob denn der Bratapfel geschichtlich nostalgisch überhaupt noch natürlich gewünscht ist, oder dann doch eher ein umweltgrüner gen[0]-technisch manipuliert und hygienisch-neonleuchtend bei Infragerotbestrahlung, unsere Technik bewegt sich bereits auf Gelände[3] auf dem sich Geist automatisch begegnet, nur eben über anderes manche nicht weiter nachgedacht, solcher Kontakt spielt im Himmel ganz sicher kein »Flipper«.

Wer würde es wohl eintauschen, sein »ewiges« Leben kunstkünstlich erfunden und wieder vergessen gegen sein »ewiges Leben« bei Gott. Animismus über Gott-Ton auf Gravitonwelle(E) rückübertragen zu Gott, dieser Gedanke kommt mir spontan, nahezu wie von einer Prophetie dazu eingegeben, über ein geeignetes Zeichen könnte es viele Lebensräume ganz neu über »Haben«, Heit, Helfen, glaubhafter erleuchten und technisch einspurig erdachte Wagnisse in ihren Unbekanntheiten an sich vorbeiziehen lassen, diesen Gedanken erkenne ich von größter Tragweite am Glauben oder Nichtglauben ihrer menschlichen[3] Zukunft.

Weise ich den gewaltlosen Religionen frei von egoistmystischen Vorteilnahmen über Gott-Ton (Stringtheorie) auf Gravitonwelle einen Animismus zu, jene Anschauung, die die Seele als Lebensprinzip betrachtet, so sind sie in der verbesserten Position e=metaphysisch über E-Metaphysik das Un[3]-Erfahrbare(H) über das Sein-Unerfahrbare(S) bereits auf unserer Erde sinnlich wahrzunehmen, jenes Reich das als das Jenseits aller kosmischen Welten ganz sicher keine Maschine[3] erwartet. Auf der Waage der Ereignisse haben neue Erfindungen unser Verantwortungshaben für uns als Verwendung verschoben, dagegen kollektives Denken über vereinfachte Unterhaltungssprache abgeflacht, als solches spielt[3] es sich langsam gegenseitig wie von selbst aus.

Wüsst' ich doch in aller Welt an Geist in Peking — wie in Zeitungsenten was wir unter »Geist« verstehen, der Geist des Unbewussten wird uns natürlich vererbt, wer mag ihn so verstanden wissen wollen.

Wie verhält sich Geist und welcher Stoffe bedient er sich, welche seiner Fähigkeiten, halten wir ihn auch als Antik für anwesend? gar energielos dennoch reich an Unterschied bis an die äußersten Ränder aller Geistuniversen?

Welche Intelligenzen mögen ihn interessieren? womöglich solche die ihn zuerst aus seiner Unwissenheit(H) befreien? eine Rose tät's nicht, dann letztlich wohl doch erst ein Tausend-IQ über die Entelligenzen, die technischen Intelligenzen eines Roboters? noch vor dem Menschen? Unser menschlicher Geist scheint umgezogen in seine eigene Umwelt, über Verödungen an ihm wissen wir vieler Orts zu berichten.

Inzwischen fliegt der technische Geist zum Mond und unser Sprache-Geist fährt auf Erden noch immer Paternoster und entdeckte ich beide gemeinsam in einem Nest gebaut unter einem geparkten Auto, auch das würde mich nicht wundern.

Ich frage mich im Begriff des Geistes, gibt es einen übertragbaren Geist? oder wird er erst über einen omniversum-kollektiven Gott-Ton im Lichte der astronomischen Stringtheorie geschaut, zu verstehen sein?

Im Geiste freier Genergien geschaut bin ich ein kollektiver DNA-Geist, im Geiste des andern S/W-Schrift manipuliert sein Druck[3], sogar sein Abbild wenn ich mir selbst(H) nicht anders zu helfen weiß. Inzwischen frage ich mich, ob man Geist als solchen da selbst, auch in die Sache sächlich als Geisttat kopieren kann, eventuell auch nach Branchen sortiert.

Ich sei ein individueller Mensch, heißt es, unter 6 Milliarden Individualisten an Geist erhobenen Zeigefingers vielfach verletzt, wäre er denn auf ein auf ein 12 Milliarden-Geist angehoben denkbar? wenn es denn soviel an Nachwuchsgeist gibt?

Und überhaupt, fängt der Geist beim Baby an? und wieviel es denn hätte, jetzt mal physikalisch molekülmaschinenmechanisch erfragt.

Ich verstehe den Geist nicht mehr, ich bin auf dem richtigen Weg, Geist kann auch ein Kopierer vermitteln, sozusagen gleichgültig³. Hat ein Bild Geist? so dann auch sein Poster?

Geist macht keinen Sinn, Geist ist Wort, er legt sogar den Glauben aufs Kreuz wenn man es ihm so sagt.

Kann Geist vergehen? oder lässt er sich auch an seinen Haaren herbeiziehen, wir sprechen von Spuren im Sand, könnte es die Spuren meinen von erstem Geist auf dem Silizium-CHIP? »CHIP«, Charakter-Implantat.

Kann man Geist in Büchern ablagern? so kritische Vernunft hochkant³ für vielleicht für später?

Wenn ich bei einem Unfall auf Geist stoße, oder er auf mich, und die Schuld nicht zu klären ist, wegen des ego-freien(S) Geistes, sind dann im Namen des Geistes Fehlurteile geistlos?

Welcher Geist trennt den des Proleten vom Stadtinspektor, wo es doch heißt, auch Städte hätten ein Bewusstsein, womöglich vergleichbar mit dem unsrigen? Bewusstsein kann man wecken, heißt es andererseits, das lässt mich denken, das Unbewusstes auch schlafen kann, was wiederum auf Geisterstädte zutrifft.

Kann man Geist aufgeben? jedenfalls in den Pinkzetten erscheint er meist mörderisch von meistem Ungeist.

Unser Hirn verdaut den meisten Geist gewöhnlich, kann es ihn nicht »bewusst« erkennen, hilft ihm sein Magen.

Muss Geist erraten werden? oder ist er schon da, also vorhanden, schließlich lässt er sich einschleppen, über Krankheiten auch künstlich.

Kann man Geist schlachten? kollektiv sozusagen? oder ist das Tierreich geistlos?

Lässt sich Geist künstlich auf »Sache« übertragen? so als künstlicher Geist auch auf Plastik und Plastiken? schließlich sich als solcher vermehren? sozusagen göttlich als unkünstlich verstanden dagegen in der Handgranate als einen auf Gott gerichteten?

Geist von Unzerstörbarem in[3] Sein bietet uns unendliche Le.rräume, auf seinen Punkt von persönlicher Erkennbarkeit(H) aber müssen wir selbst(H) kommen.

Im Fleischwolf steckt der Geist gleich doppelt und dreifach, in seiner Findung, in seiner Erfindung, in seiner Ästhetik am Tierreich ausgeführt, diesen ihm selbst als Sättigung zugeführt und der Eigenen Falle sogar nötig, weil es sein Tierreich nicht abschütteln kann.

Dieser Geist so betrachtet, macht auch an uns Menschen das Misstrauen nötig und schließlich geeigneter Erfindungen von Hoch-Intelligenz die das in höchstem Maße zu überwachen wissen.

Keines der abfälligen Wörter die wir dem Tierreich zugedacht und als Schaden darüber zugefügt haben und das inzwischen als solches nicht mehr reparabel ist, trifft auf das Tierreich zu, nicht ein einziges, das gibt zu denken, »frisch geschlagene[3] Umwelt« ist diesen Gedanken ihr Beweislos(Los[3]).

Soll meint reinstes Sein seiner Klagen, Haben seinen reinsten Verzweiflungen.

Sein ist Gewalt, ich will sie nicht kennen lernen, doch muss ich sie wissen(H), wie anders kann ich denn prüfen, ob der Liebesengel seinen Pfeil nicht doch mit Sprengstoff[3] gefüllt hat.

Unsere in Sein getroffenen Entscheidungen bewiesen sich, sobald sie in »Feuer« ausarteten, als gemeinschaftlich nicht denkbar, vieles rannte aus dem Feuer um solches von Öde bewußt(sz), anderes wieder rannte im Namen aller Verödung in solche von Sinnlos(Los[3]) hinein, künstlich angerichtete[3] Wüsten forderten sogar neue Feuer heraus, und die unterschiedlichsten Meinungen in den unterschiedlichsten Glauben verhindern zusätzlich das ihre Götter das auch noch verstehen können, so wird gebetet, in

Uneinigkeit dies als Reifung. Reife in ihrem Höchststand bedeutet allem Sein seine höchste Vollendung, egal ob der Birne oder der Apokalypse und das braucht auch keines Widerspruchs, dieses Denken erwies sich bisher als sehr verlässlich, den Traum von der »weißen Weihnacht« erwarten wir bereits von Doppelsinn und als diesen dann auch aus der Wüste.

Sein ist kein Spiel und Spiel ist kein Mensch, es lockt den Spieler der kein Spiel ist, in die Technik die kein Gott spielt.

Wir können »Mensch« wissen, aber dazu müssen wir den Anfang von erstgeborener Seite noch einmal aufschlagen, als Unbewusstes lebt es uns über Unbewusstsein Sein-Zuteil.

»Un[3]-«, es muss etwas geben womit »man[3]« seine Uneigentlichkeit beweisen kann, entweder als etwas oder »für Etwas« das ihn als solches »Über« lässt.

Was sich im Begriff nicht genau definieren lässt, begegnet mir im Wort-Wald, bestenfalls auf der Straße[3], in ihrem Geist, nur, welcher Geist sollte es sein, wir haben die Kernspaltungen an unserm Geist sicher in Bunkern gelagert, als Hausgeist beerdigt er mit Steinen oft blühende Erde, und dann ist da noch »die« Intelligenz, wohl mag sie uns nicht.

Und nicht vergessen will ich dabei unsern Kampfgeist wobei ich mich frage ob ihm denn auch ein Kampfbewusstsein zuzurechnen wäre, ich hielt es im Kopf nicht aus, Ich, Würde so der Gewalt an die Seite gestellt.

Am wenigsten sind wir als das erfasst, das uns am meisten braucht, unsere »menschliche[3] Bleibe«.

Wir haben die vollkommene Stärke übersehen, die in ihrer entelechischen Schwäche erst ihren Menschen findet.

Diese Schwäche als eine entelechische Mensch-Bleibe ist in unserer Sprache nicht vorgesehen, der Erde geben wir über geistig gewaltige Anstrengungen ein anderes Aussehen und an der grünen Faden Wunder-Schöpfung sind wir dabei es von seinen Fehlern zu reinigen.

Zum Menschen haben wir gefunden, mittlerweile haben wir die zweite Stufe unserer Menschwerdung aufgenommen, seine Erfindung. Unbemerkt gehen wir den ganz normalen Weg allen Seins, im Sog seines Solls seine Gewalt ... »es geht dahin wie es kommt«. Am Sein haben wir uns einseitig orientiert, so kam uns Gewalt entgegen[3].

Jesus starb für uns unsere Schwäche, an der Gewalt größten Schwäche, ihrer Nichterkenntnis, Gewalt kann Stärke vortäuschen und Stärke Gewalt, so ohne Unterschied angewendet übersieht es »Leben«, jenes Leben das erst in seiner vollkommenen Schwäche seine größte geistige entelechische Stärke hat, denn wo nichts bewußt gewußt ist, da wird Schwäche zur Stärke die reine Gewalt ist.

Ohne unserm geistigen Sein eine Zweiheit von S†H-Urteil anzudenken, uns Menschen einen entelechischen Beweis unserer Menschbleibe und eine entelechische Schwäche »für Etwas«, so unserer geistigen Stärke, erscheinen auf unseres Menschens Sein-Geburtsweg leistungs-sogtechnisch Begriffe wie Schiffe ohne von einem Hafen zu wissen, wo konnten sie wohl anlegen, was löschen.

Der Weg über Solldaten-Selbstfinder, über technisches Selbstverständnis(S) seiner Komm-Daten laborphysiktechnisch artnanoneurorobotbiochemisch so berechnet, führt uns zu einem Menschsein wesensentfremdet ... und je nach Le?rlauf gedacht, je nach Le?rgut Erfolg dieses als unser Bestes zu wollen, als Sensation über Ratschlagzeilen verbreitet, verkauft[3] es sich bereits heute am meisten.

Sein ist allem Namenlos[3] (Los[3], lebende offene Sollfrage) als ein Lieblos(Los) ausgespielt.

Was in[3] Sein nicht zusammenpasst, wird in[3] Soll angepasst, das ist allem Seins-Soll seine instinktivste Weltseinsformel.

Nachdenken das tut auch »die« Welt(S), Nachdenken(H) in Art kunstkünstlicher Reflexion gegen Wunder-Reflexion, das braucht ihres unterschiedlichen Wesens gegeneinander für umeinander miteinander, ihr Blindes unter Tage gegen ihr Blindes über Tage. »Unbewusste Emotionen«(H?) und »bewusste Gefühle«(S?) unterscheiden sich in ihren Bewegungen(E?) heißt es wissenschaftlich, was ihnen fehlt, zwischen Kultur-Haben und Natur-Sein, ist ihre Verlässlichkeit, eines von beiden weiß von keiner Sprache.

Unsere geistigste Stärke denken wir unbewusst (Sinnsuche), sie liegt in unserer besonderen Schwäche für Sinnesempfindungen, es ist das der Grund warum wir Märchen lieben, Abenteuer märchenhaft bevorzugen, Rätselhaftes, das uns Glück verspricht, mit Träumen belohnen, dennoch mistrauen wir der offenen Tür im Märchenschloss, es könnte darin ein Märchenprinz erscheinen der von uns Zuschauern ein Umdenken verlangen könnte, und dies überlassen wir dann doch lieber dem Geist in den Laboren hinter verschlossenen Türen, je verschlossener je geheimnisvoller, auch so können uns Märchen erscheinen.

Und beißen sich Träume, das ist nicht ausgeschlossen, dann wäre das dem bösen Wolf und dem Bewusstsein der schrecklichen Hexe anzulasten, so als Märchen sollte es uns aber nicht weiter sorgen, in dem der Wolf einst die sieben Geißlein verspeiste, konnte das zugleich auch an den sieben Todsünden geschehen sein, dieses Denken ließe sich einrichten, so gedacht ließe es uns hoffnungsvoll von nächsten Himmelstüren geöffnet wissen und ganz unverbindlich, warten wir's ab, nächsten Sonntag spielt Hertha.

Wir sind die Sicht die wir uns sagen, dass weiß kein Berg auch weder noch der Zement daraus zermahlen, in dieser bewussten Welt hat Gras ein Teppich zu sein.

Und wir sind die Zeit die wir uns denken, so trägt manch' ein Baum, hier und dort um manch' einen seiner Zeiger sägtechnisch gestutzt, einen Beatle-Haarschnitt.

Ich persönlich sage mir, wer weiß ob die Luft noch rein ist, oder das Tier, nachdem die Petrea-Schlange, nach Art-Geburt aus dem Glasbecken, die natürliche Wand der Urzelle durchbrach, ist sie nun dabei die Schöpfung neu zu beleben, wir erdachten dafür den Begriff »Klon«, so in Klongeist von Selbstverführung ist dabei nicht auszuschließen, das sie dazu gewillt ist der einstmals bösen Schlange ihr Nest vom Baum der Erkenntnis herabzustoßen oder sogar das Paradies an sich selbst zu reißen.

Im Geiste fliehender Arche auf Hirnwellen den Seinfluss hinunter, da ist denkbar alles möglich.

Geistigkeit lernt seine Geistigkeit aus Zerstörtem[3], Geist nicht. Ich weiß um meine Gedanken von jenem Geist der und den kaum jemand erkennen will, das beruht auf Gegenseitigkeit.

Und sage ich,»ich bin« in »Ungeborenem Geist« meine Geistigkeit, dann hätte ich den Widerspruch des Nihilismus beschrieben, den Nihilismus seiner zwei Seiten in seinem in[3] Sein Soll und Haben Einseitigen, und in Nullzeit wäre ich bei Null angekommen.

Über den Widerspruch seiner zwei Seiten scheint sich der Widerspruch gegenseitig aufzubauen in solchem von Nullrunde-Ergebnis, das wiederum auch dem Geistlosen seinen Widerspruch gegenseitig erlaubt, ... am eigenen Lebenssinnwert von Selbstaufgabe(S) ziellos. Wäre denn ein Geist-IQ denkbar? wollte ich danach fragen, wohl sorgte er für peinliche Lacher und doch denke ich ihn womöglich von erstem Geistanteil an vorhandener Geistigkeit. Und was meint »Denken«, kein Denken verjüngt sich in[3] Sein-Raum Vergangenheit, es geht Verjüngung(S) im Kommen.

Wo es Vergangenheit heißt, dort hat es keine Verjüngung angenommen, es war nicht.

Kein Sein wird zu Vergangenheit am Menschen, unsere Sprache in[3] Sein gedacht verjüngt sich ununterbrochen in ihren Friedhof, es ist dem der Grund, das wir keine Zukunft(Zuhause) einem Lebenssinnwert-Infakt zu denken wissen.

Möglicherweise bietet die M-Theorie so in[3] Gott-Ton denkbar bereits unserer Sprache ihr den Engel vorausgeschickt.

Unser Denken den Strings in Verjüngung angepasst, hieße von

keinem Verlust mehr zu wissen, Verjüngung bringt keinen Verlust und dem darum Wissenden keine Enttäuschung mehr.

Ein Skelett ist kein Zeichen einer Vergangenheit, es ist Bildsein seiner Laufzeit-Verjüngung nur Ansicht[3].

Modern schützen wir, Sache für Sache[3], unsere Gedanken als geistiges Eigentum, doch gilt das, Sache[3] für Sache, anderswo auch für alle mechanischen, chemischen oder elektronischen Vervielfältigungs-Speichersysteme über Recht gesichert, und damit vergleichbar mit den In- und Outputfunktionen(S) am Metamenschen-Hirn(S) zu erwarten.

Ein leichter Schreck kreuzte soeben meinen[3] Weg, der »Metamensch«, seit dem 13.12.04 befindet sich derselbe Ausdruck von mir erdacht und seit über einem Jahr daran gearbeitet, in meinem Manuskript beim BoD-Verlag.

Heute nun, am 29.12.04, lese ich über ihn von anderer Seite erkoren in einer Zeitschrift als Ausgabedatum für den Monat Januar 2005 vorgesehen.

Mir egal, will ich dazu denken, doch weiß ich andererseits auch um die gesteigerten Rechte sinnkäuflichen Geistes über Dr. Menphisto. Ich will davon ausgehen, das zwei Menschen in unterschiedlichen Ländern lebend, diesen Einfall etwa zur gleichen Zeit hatten, womöglich jedoch von 6 Stunden Laufzeitvorteil zu meinen Gunsten gemessen an der mitteleuropäischen Laufzeit. Den kleinen Vorsprung will ich als Fügung verstehen, noch lässt sich der »Mensch« denken, in einem Metamenschsein wäre er bestenfalls als »Zubringer« oder auch »Ameise«, so als Gedankenbrücke gedacht, leichter merk- und deutbar.

Meine Phantasie am Metamenschen denkt auf eine andere gesetzt, lasst uns also das Rennen zwischen Typ »A«, seinem Sinn nach solchen von Akademie und dem Typ »B«, solchen von Bewußtheit in e-Beweis seines Menschhabens, fair beginnen.

Ich schicke voraus, auch wenn alles Metalos auf eine Spitze zusammenträfe, so will ich dennoch nicht glauben, das darüber

16

unsere berühmten Kriminalgeschichten[3] ihr Ende fänden und dass es keiner Überwachung am unterschiedlichen Machtstreben, das nie zu unterdrücken sein wird, mehr brauchte, das wagte ich nicht mal zu erhoffen.

Niemals würde ich es für wahr nehmen, das nicht irgendwo in geheimen Labors neue Waffen dazu geeignet erfunden würden, ebenso am Geld das es darüber erlauben konnte, einem Egoisten sein Leben und seiner ihm nahestehenden Ego-Istmystiken ihr Leben zu verlängern, koste es was es wolle.

Ich glaube nicht an einen kollektiven Egoismus, das trifft nur auf kollektiv egoist-mystische Glaubensrichtungen zu. Wir sind das, was wir uns sagen, so tun wir uns das an, das wir glauben.

Schon des öfteren fragte ich mich wofür denn »Un-« im Bewussten steht, und sollte es als solches seine Gefühlsintelligenzen meinen, dann für unintelligent? Ich weiß nicht, im Weder-noch-nichtdoch-widernichts-für-nichts-doch-für-alles-Bereich könnte es unwidersprochen auch den Unmenschen meinen, oder auch nicht. In »Un[3]-« von breitestem Lerraum denkbar sind wir Menschen uns selbst am Nächsten, ein unsinniger Gedanke? doch will ich dazu den Ungeist bemühen, als Trickfigur ist er durchschaubar, Erwachsene sprechen mit ihm als Koffer und Brot. Blindsein(S) lebt und Blindheit(H) ist das einzige das wir uns sagen können und darüber, über unsere e-Schwäche, unseren e-Beweis gedanklich entelechisch(e) Sehen[3] lernen.

Ist denn wenigstens Geist als solcher schon fertig zu denken? so gedacht, dass es nicht ständig seines Neugeborenen braucht? Die Metamenschen der späteren Generationen, sie werden sich einen künstlichen Geist zubilligen, ihn sich selbst genehmigen … und darüber hinaus ihren »künstlichen Entelligenzen« einen künstlichen Glauben.

Sollte es denn sein, das wir diesem Geist auch in unseren Zeitreisen wiederbegegnen? und wenn ich mich wiederhole, könnte ich denn sagen, das technische Daten »Geist« haben? sozusagen

»technischen Geist«? als kunstentelechische Geistigkeit ihnen angedacht? Ich weiß nicht, und dieser Gedanke kommt uns nun als Ohngeist entgegen, als Ohngeist womöglich wiederauferstanden aus der Mitwelt inzwischen als solche vergessen, und das kann am Bewusstsein liegen, als eine Frage der natürlichen Sinnesinnreizgabe und Gedanke von Trieb, steckt er im Schwanz der Evolution, dazu braucht es nicht mal eines Kopfes, da ist auch Nichts(S) bewusst, alles steht für alles in Sinnzusammenhang, eine Ausnahme entspränge höchstens dem künstlichen Feuer aus der Feuerasche-Sein in Aschefeuer künstlich gewandelt.

Unreife ladet Reife zum Fressen ein, das findet Reife heraus, deswegen gibt es beides ... und das Leid einerseits bevor es das selber bemerkt, andererseits als Lehre(H) ab Schwanz bis Kopf.

Kein Tier winkt mit seiner Pfote, wenn es sie in der Luft schwingt, manches versucht darüber seine Schmerzen abzuschütteln, anderes wieder sucht Hilfe auch wenn es sich der Worte bewußt oder unbewusst im Ganzen nichtbewusst[3] ist.

Un[3] — ein Gedanke für Unaufgeklärtheit, kein Le.rraum ist von größerer Größe, mit dem Omniversum expandiert es gleichermaßen. Und und Nichts, wo es kein Haben(-heit) ausweist, dann dort als Letzteres, Sein, flüchtige Gewalten.

Unaufgeklärtheit lässt Falschsein[3] denken, und keines von beiden weiß voneinander, was wüsste es denn, wo es nirgendwo aufgehoben scheint, wo es sich höchstens von der Seite[3] erblickte.

Was kann Unschuld wissen und was wissen wir von der Unschuld, dort wo das geistige Leben meint darum »bewußt« (sz) zu wissen, dort tritt es als Schuld auf, es ist Grund unserer immer noch unerfüllten Kriege inzwischen an Zahl in Tausender gesammelt. Wer in eine Wüste[3] geboren wird, der lernt sie trocken[3] zu lieben, als »historisches Bewusstsein« haben wir es vermerkt. Wieviel Schuld hat Unschuld wenn es in überlieferte Schuld hineingeboren wird ... oder gibt es erst gar keine »Unschuld«! Oder »Schuld«!

18

Welches von beiden wüsste hoffnungsvolle Zeit von hoffnungsloser Zeit zu unterscheiden, oder ist das auch nur eine Illusion, sollten wir denn meinen, das uns eine Antwort darauf erst über jene vorhergesagte Form in Form eines Metamenschen gelingen könnte?

Jedes Antlitz hat sein eigenes Schicksal, heißt es, der Größenunterschied zwischen arm und reich vergrößerte es auch noch am Auserwählten[3].

Und besonders hervorragend dann, wenn es im sinnkäuflichen Geiste Dr. Menphistos um die Entlohnung an des Schicksals künstliche Lebensverlängerung geht.

»Ich bin« dabei aber ob ich war? dieser kurze Gedanke beschreibt er den Metamenschen bereits von Neumenschfamilie?

Allein in[3] Geistigkeit(H) kommt der Gedanke »zu Wort[3]«, diesen Gedanken stelle ich dem Metageist sprachlos in Infragerotlicht zwecks Antwort.

Was für mich als unvorstellbar erscheint ist, das »Geist« zur Schule geht, wäre da nicht die Vermutlichkeit die es dort in seinem Wort als uns Nachgezeichnetes meist unbewusst hineinträgt, mittlerweile unseren Charakter so getreu nachgepuppt hat und von Trickvolk räumlich so anwesend erscheint als hätte es unsere Bildung angenommen, Nachahmer findet es weltweit, als Kult spricht es unserer Bildung gar ihren Kult an und ab.

Unsere Lebensexistenz haben wir über unsere Sprache strichreich geschaffen, die durch uns herbeigeführten Umweltverödungen haben wir zwar mit Geist gefüllt, dennoch sind sie mehr als Bild-Unfälle zu verstehen.

In diesem Sinne lässt uns Sein in[3] Sein-Raum auf seiner Fläche laufen, es ist das was auch sonst so als Trick nachgezeichnetes tut, es hat die Geburt aus dem Feuer zur Folge, philosophisch »erstmal Abwarten« genannt.

Jeder Gedanke lässt sich verjüngen, keiner ist der letzte, wo in ihren Welten unsere Buchstaben als Warenzeichen(Sache) erscheinen, da lässt sich dieses Verständnis unserer Sprache auch auf Trick-Völker übertragen und ich meine, dazu sollte es ausreichen sie mit Technik zu füttern, so an unserer Person aberkannt, vieles deckt sich bereits mit unseren hochintelligenten Verhaltensweisen und bringt man sie zum Sprechen, tragen sie auch noch menschliche Stimmen verständlich[3].

Bei Kindern ist das beliebt, das gibt zu denken. Über Schriftzeichen haben Völker wie Trickvölker ihr Laufen gelernt, als Bildsinngebung auf hohem Niveau greifen sie inzwischen nach unschuldigen Gemütern, meist Nachts und beiderseits. So als Märchen wie dem richtigen Leben entnommen und als wahr verkauft sind sie bis in die Hormonwelten der von Kampfgeistbeseelten anregend, auf Film gebannt und für Maschinen[3] so vorgesehen konzipiert.

Darüber aber will ich nicht weiter nachdenken, es kommt mir alles viel zu bekannt vor, mit dem an uns Nachgezeichneten mag ich mich nicht vergleichen, oft erscheinen sie blutrünstig, vielem Leben saugen sie sogar ihr Blut aus ihren Hälsen, ohne Betäubung. Dass sich Geist auch auf Roboter übertragen lässt, das ist nicht geklärt, noch wissen wir nicht inwieweit Roboter zu »Bewusstsein« kommen und wie voll, es könnte dazu führen und würde selbst Maschinen[3] in die Lage versetzen, Trickvölker so über Kunstgriff geboren, persönlich zu lieben.

Was denkt, kann sich selbst zeichnen, das will ich nicht vergessen zu betonen, so lernt es Zeichen zu setzen.

Ich muss sogar vermuten, das jenes, das wir mit »Geist« bezeichnen als ein besonderes Zeichen im Buchstaben selbst steckt und als Zeichen inzwischen unsere eigene Bildung und unsern Geist angenommen hat.

So gesehen setzt der Buchstabe uns seine Zeichen und unterhält[3] auf seine Weise seine Einsamkeit.

Und dass mir dieser Gedanke kam, das begreife ich als »echt« vernünftig.

Denn der Geist selbst ist unschuldig, das sollte man wissen, in dem man ihn über Trickvölker als brutal beschreibt und zeigt, sorgt es mich, es erscheint mir wie von hinterlistigem Umweg, irgendwie.

Geist kann Monster prägen, wer weiß das schon, so unbekannt. Als sinnkäuflicher Geist erscheint er uns als der Teuerste, ganz unbewusst gilt er damit als uns wertvollster und so verkauft sich Kunst, als Sache am besten zu Gebrauchtem wo es als Bestes zum Gefragtesten(S) passt.

Menschen können umlernen, tja ... und das wieder erinnert mich an den erhobenen Zeigefinger wie auf Monsterhand gestreckt.

Die Sprache ist unser größter Mensch, doch wenn ihre Wörter und Begriffe nicht das halten können, was sie versprechen, dann sind auch ihre Buchstaben nur mit Fata Morganen zu vergleichen, solche Gedanken machen »Werbung« berühmt oder auch Leute, Künstler, Pizzas, Pop und junge Nachwuchsmoderatoren. Ohne Sprache sind wir verlorene Menschen, mit Sprache aber auch, über viele Gewässer treibt sie hilflos, ich gehe davon aus, das ihr Geist fliegen oder nach Belieben auch fliehen kann, und so war es dann wohl auch nicht der »fliegende Holländer« dem die Seeräuber einst in weiser Voraussicht begegneten, es war dies die »fliehende Arche«, Noahs Lastschiff, davon ist eher auszugehen, das sie beladen unbewusst als ihr schlechtes Gewissen deuteten.

Und wohl so erscheint sie noch immer unserm Geist unsterblich vorbehalten, inzwischen nahm es Uco's an Board, unbekannte Clonobjekte.

Der fliegende Holländer erscheint, dagegen wissenschaftlich entzaubert, geologisch wie klimatisch über natürliches Sturmbrausen und Meeresleuchten derweil von seinem unberechenbaren Geist entbunden. Von Buchstaben ist bekannt, dass man sie prägen kann, in Blei einst, in cortextile Stofflichkeiten modern, schon nach wenigen Jahren darüber und darunter nicht mehr haltbar mit Fragezeichen, sollte das auch für unser »Bewusstsein« als Begriff gelten? »Ich weiß nicht«, dieser Gedanke ist von Meistem vorhanden verlagert ins Langzeitgedächtnis oder ins Langzeitbewusstsein, im Kurzzeitgedächtnis erscheint es noch verstärkt, als volles Bewusstsein mag es nicht umlernen, das macht es überall verdächtig. Wenn der Anfang, so das »Bewusstsein«, kein Ziel aufzuweisen denkt, dann ist es das von Ziellos(Los³) auch seinem Ende.

Mensch, Bleib³, das Unbewusste vertraut dem Sessel mehr als dem Punkt im Le.rbuch.

Ozonbildung ist auch über den Ausstoß von Kohlendioxid in Form von Gedanken möglich.

Wo sich das Sehen³ unterschiedlich zu denken und deuten weiß dort täuscht es sich noch am wenigsten.

Und sollten Hirne fragen: »was sieht mich?« dann erfragt von seinen Augen womöglich unbedacht.

Was ist Sehen³, wenn es sich nicht erkennt!

Wo es sieht³, sieht es mehr, es sieht heller als das Licht, vorbemerkt hört es Hören, die Rose riecht es bereits vor ihrer Blüte und verhindert den Schmerz ihrer Dornen voraussehend, wo es den Deckel aufklappt, da entdeckt es mehr über Zahnräder. Es liest Reden von den Mündern ab und manchem Augenschein seinen nächsten Augenblick.

Es sieht größere Entfernungen als manches seiner Hirne, so läuft es nicht dagegen, das gilt auch für's Denken, Sehen³ sieht mehr, den Glauben sah es zuerst, doch Sehen³ noch davor. Es setzt Lesezeichen durch Bücher und hilft beim Fühlen, Sehen lässt reinigen, weil es den Abhang sieht müssen seine Hirne reagieren und weil sein gesamtes Gehirn über seine Augen den Himmel sieht³, muss es beten, immer und immer wieder. Seine einzelnen Hirne spüren zwar die Hitze der Sonne, aber die Sonne sehen sie nicht.

Sehen³ sieht Wege, so die zu den Wassern und solche darüber, Sehen³ sieht Erinnerung, dem, der zuschaut, dem bleibt die Erklärung und so sieht Sehen auch den Zuschauer, meist auf den ersten[3] Blick wahrgenommen. Letzten Endes ist Sehen[3] auch noch beim Wiedersehen dabei, so denkt es sich und so denken es sich seine Hirne ohne Unterlass.

Sehen[3] hört was sein Mitfühlen empfindet und bräuchte es dieses natürlichen Sinnsinns wegen eines dritten Auges, es hätte es gesehen. Sehen verstehe ich als eine natürliche Bildsinn-Sinnreizgabe(S) die »man[3]« und Tier über Sinnesinn(S) sehhörig ungekünstelt wahrnimmt, dagegen unser Begriffssehen mehr als ein Bildsinngebungsprogramm allein schon wegen ihrer unterschiedlichen Ver- und Unvermögen die sie bilden[3].

Ich bin auf Abenteuerreise durch Sprachewelten, doch in welchem Wort sicher, wo es mich hinführt (Zukunft) das sagt es mir nicht, keinesfalls bin ich auf Weltrekordfahrt wo es auf seinen Le?rstrecken allein darum geht, zuviel an Unvollkommenheit zu überwinden. Wo meine Reise mich Wahr[3] bestimmt lenkt, dort suche ich mich so weit wie möglich selbstwahrfähig(H) darüber zu orientieren. Mensch, sage ich zu mir, Bescheidenheit gelingt doch nur, wenn großes Wissen(H) es als Güte an Überschuss hat, Mensch, weiß dass du bist, Sein wiederholt dich zum Tier und dann ist es besser nicht mehr um sich selbst(H) zu wissen.

Ich sagte mir, die Sprache muss mich dennoch führen, weil »Mensch«, so als Begriff, es nicht schafft, zunächst der Sprache entelechisch so gedacht ihren Frieden, so dacht' ich meine Erfahrungen mit auf die Reise genommen, und dann erklärt das auch den Menschen ohne Sünde am Blut.

Kein Friede dem Frieden, wenn wir ihn nicht wissen, diesem Frieden auch kein Leben.

Der Übereinstimmung mit seinem Verständnis dem gönnt das Gehirn seine meiste Lebenszeit von Ziel noch fern[3].

Überall begegnete ich Touristen dazwischen, »un-« in Maschine[3] und »un-« in klassisch unzureichend in Klagen sich selbst erkannt, kein Rekord reichte aus es zu tilgen.

Wenn die Waffen stimmen, können »Begriffe« nicht stimmen,

unsere Sprache muss eine falsche sein fiel mir auf, wenn es ungeistigen Willen bewirkt und dann als Ungeist zu Meistverschuldetem führt, zu Misstrauen an unserer Sprache-Unerklärtem, selbst die Unvollkommenheit hat ein Selbstrecht(S) ... so dann mehr als »Un[3]-« im Recht. Mag dieser Gedanke unsinnig klingen, er ist es, über »un-« sinnig nachgedacht[3] an aller Sinn »Ausser-Schuld«, ohne Sünde am Blut. Ich empfinde mich in einem Wes-halb-Fall unterwegs, auf Weswegen? »wieso« will ich wissen, »wozu« riefen Dichter über ihre Köpfe hinweg, na »deswegen« riefen andere, »das steht uns nach allen Seiten offen, das laufen wir ab«.

Und wieder narrt mich der Geist, ist es möglich ihn zu vergiften? mit Worten? so dass er sich in Geist auflöst? oder vergiftet Geist, dann doch sicher so verständlich, dass er sich selbst noch rechtzeitig daraus verzieht.

Ich stelle mir den Geist fliehend vor, im Todesfall seines Bewusstseinsträgers wird er sich nicht mitbeerdigen lassen, dessen Bewusstsein allerdings, und zwar alle.

In Krimis erscheint Geist geistlos, das macht ihn außerordentlich beliebt.

Hat Sinn Geist? oder ist es ganz einfach natürlicher Sinnesinn-Reiz der Geist losschlägt, das frage ich mich im Namen meines Rauhhaardackels, einerseits fuhr die Kleine besonders gern Kinderseilbahn, andererseits störte sie Wildschweine beim äsen hinter Hügeln auf, und das bereits 200 Meter vor meinem Geruchsempfinden.

Ist Geist eine Sachfrage? über Radiowellen erscheint er mir in Wort und Ton wobei ich nicht weiß ob denn auch der Ton Geist hat, oder nur das gesendete Wort, oder nicht, und wieviel? und inwieweit ein Wort eventuell bewusstlos zu denken ist.

Ich gehe davon aus, das Geist keinen Sauerstoff braucht, schließlich wird er auch durch Kabel übermittelt, was Sinn macht, andererseits durch Hirnbahnen was wiederum keinen Sinn macht, das kann der Grund sein warum es ihn gibt.

Wenn wir einem Wort Bedeutung zumessen(technisch) haben wir dann Geist vergeben? oder er uns, wir erwarten den Meta-menschen von neuem Geist im komm-unistischen Geistsinne.

Im Geist lebt unser Geist die fliehende Arche, was sie treibt, treibt uns an, über ein Meer an Wörter geistfliehend.

Und so steuert auch »Staat« unser Verhalten, es versteuert unseren Personengeist, es verteilt ihn um, so entsteht Staatsgeistbewusstsein kollektiv das wir als Wählerbewusstsein wahrnehmen.

»Will die Erde uns los werden?«, so fasste ein Massenblatt in auffällig fetten Lettern als Überschrift unser Verständnis für Geist und Wählerbewusstsein zusammen nach dem einige Katastro-phen in Laufzeit sich aneinander reihten, sollte diese Meinung tatsächlich bezeichnend sein für unser geistiges Vermögen so be-grenzt?

Jedenfalls »die« Erde kennt uns nicht, nicht mal tot.

»Ich bin«, ich kann denken, doch so lange wir Menschen uns als »Mensch« von entelechischem Beweis in eine Sollseite(Schuld) und in eine Habenseite(Freispruch[3]) von Unterschied so erkannt aufgeteilt nicht wissen wollen, so lange bleibt uns selbst das Um-blättern an der eigenen Sprache verwehrt.

Ich muss mich ablenken, meiner Psyche-Innerobhut gönne ich ein Märchen, meine Worte lege ich dieserhalb gebärend der Pe-trea-Schlange in ihren Leib, mal sehen … ich wiederhole mich, lasst uns das Rennen um die nächste Arche beginnen, so schnell kann ein Märchen enden.

Die Le?rstrecke die mit Start=Ziel beginnt, lässt es nicht zu un-seren Fortschritt je unter die eigene Kontrolle zu bringen, es lässt uns dieses von Gedanken nur als Fortsatz fortgetrieben wollen, bis es uns nicht mehr will.

Die begonnene Wesensentfremdung auf dieser Erde durch uns über unseren Fortschritt und im Bewusstsein mit Fortsatz über den Metamenschen bis in alle Universen getragen soweit erreich-bar, sollte das wirklich ein Gott an seiner Schöpfung wollen?

An dieser Stelle unterbreche ich mich selbst in meinen Gedanken, kein Metamensch oder Neuroroboter, den Metamenschen in ihren Verständnissen angelehnt, wird aus Märchen ihre Lehren ziehen, so ist die Furcht die uns Märchen verkünden, unbegründet, das macht mir Angst, in Märchen meint es jedenfalls die Stelle, die Furcht auslöst. Mein »Mensch«, im Begriff sich seiner Verjüngung endlich zu nähern, zwingt mich schneller zu denken.

Eine Vergangenheit gibt es für uns Menschen schon heute nicht mehr, kaum noch gibt es Material[3] das sie festschreiben könnte, unsere technischen Erfindungen jagen unsere bekannten Vergangenheiten aus ihren Pausen und über den Ausbau des technischen Körpers in den menschlichen Körper schafft sich unser »Geist« unbemerkt wie unbewusst zusätzlich gleich mehrere Hinterhalte auf einmal, aber dazu mehr später.

Sollte ich aus meinen Gedanken weiter verjüngt wiederauferstehen, denn immerhin, die Stringtheorie über Gott-Ton auf Gravitonwelle nimmt auf jeden Fall Einfluss auf das Leben auch auf unserer Erde, und so dann auch auf unsere Gedanken zweifellos, da soll doch, so meine ich, der Gott-Ton über Strings mich als Medium handhaben, ich wollte solchen Gewalten die über technische Berufungen im Kopf Gedanken pinformativ-technisch parken, ihren Raub am Menschen verhindern.

Als ein »cat-coin-Wert« ist er längst dabei auf das menschliche Gehirn überzuwachsen.

»cat-coin« so verstanden, als eine »control, amplifier (Amplifikation) und transmit-tool-technique« mit empirischen Leistungsmarsch, mit der Absicht der Erzielung von Merkmals- und Zeichenüberflüssen aus Infogenzen (informativen In- und Entelligenzen) zwischen Ionen und Elektronen für gesteigerte Primärfähigkeiten(Leistungswerte) um das Tausendfache erweitert über den berühmten »IQ«.

Und meinen die Biophysiker die Metazelle im Sinne erhöhter geistiger Erkenntnisse zu einem Superorganismus in die natürlich lebenden Zellen eingeführt, zu verstehen, dann sei auch der Vergleich erlaubt, den Metamenschen TYP »A« mit einer Benzinsäule in Verbindung zu bringen, der über die Stringtheorie techkanalig seine Gravitöne dafür geeignet anzapft und sie in diesem Verständnis nutzt, um einen Gott als nüchternen Kybernetiker auf einem Highway-Parkplatz zwecks Informationsaustausch gleichgesinnt zu erwarten.

Darauf liefe es hinaus, auf ein Schauspiel von »Hölle und Stress«. Der Typ »Mensch« von entelechischem Beweis über seine Sprache so der Erde von Hilfe, ist inzwischen von so entscheidender Bedeutung, dass es sich fragt, so bald diese Zeit als unerkannt überdauert ist, ob er als ein solcher überhaupt denkbar war.

Gehen³(S) im Mitnehmen (nppn, negativ-positiv-positiv-negativ) erfüllt sich als Soll, als einziges suchte es uns bisher zu finden.

Sein ist etwas das sich nicht beschädigen lässt, weil es darum nicht weiß und dort wo es tötet, tötet es nicht, dort wo es zerstört, zerstört es nicht ... Sein ist ewige Verjüngung <— — —> in³ Seinesgleichen(S) ewige Wiederkehr schuldlos, Sein nähert sich mir nicht anders, ich kann es nicht anders verstehen. Je mehr Sein sich denkt, das gilt auch für den Platonrobo in Metamensch gedacht, je weniger bleibt für ihn übrig, gleichen Solls denkt er sich darin nur zu einer anderen Blüte(S). Sein überlebt schuldlos, ... und Schuldlosigkeit braucht kein schuldiges Denken.

Was meint von Schuld zu wissen, muss Schuld beweisen um solche von Selbstverantwortung(H) darum gewußt³ (sz, sinnzusammenhängend), Schuld in³ Schuld(S) gesagt, ist keine andere Schuld.

Sein schafft Sein, so schafft³ es keine Schuld und Nichts(S) trifft auf keine Schuld.

Und das ist Sein ... ewige Verjüngung <— — —> in³ Seinesgleichen(S) ewige Wiederkehr schuldlos.

Gegenwehr in³ Sein(Raum) sucht sollpuren Widerstand(E) in Sein, ewige Selbstverjüngung(S) durch Selbstverbrauch(S) <— — —>.

Kein Sein weiß darum, dass wir Menschen unseren Selbstverbrauch Arbeit nennen, oder Krieg inzwischen an Tausenden von Zahlen, an Tausenden von Sprachen an Geschichte unter »heute« in einem Wort zusammengefasst, abgearbeitet haben.

Und der Nachwuchs, im Geiste der Petrea-Schlange und im Namen »E°DNA's«, der Göttin der Einheits-DNA, geboren, aktuell noch fern aller Ahnung wen es von nächster Geburt trifft, entdeckt dafür geeignet die nächsten Stufen.

Sein stellt keine Fragen, und welche denn, es ist sich selbst perfekte Antwort in³ Sein-Gewalt(E).

In diese Perfektion haben wir uns inzwischen so groß eingeredet, dass wir uns langsam selbst übersehen.

Im Wettbewerb Mitseins(S) mit Sein(S) bestimmt sich der einzelne Mensch selbst(S) zu einem Uni-Kat, »Kat« so gesehen als Katalysator verstanden. Hierzu will ich mich der Worte meines Buches »Das bedachte³ Ende des IQ's« rückerinnern, was prägt wiederholt sich ... jenen Fähigkeiten solcher meist verteilten Stoffe die durch ihre bloße Anwesenheit chemische Umwandlungen in den Kohlehydratverflüssigungen der neuronalen Hirnprozesse wie Psyche, Seele, Ego, Wille, Gemüt, Emotionen wie Emotionen° (labor-synthetisch erzeugte Gefühle) in Gang setzen, herbeiführen, beeinflussen, verlangsamen oder beschleunigen können, jedoch auch auflösend, und zersetzend, ohne sich dabei selbst zu verändern.

Komm-Unismus in den Metamensch-Politiken und Komm-Unikation in den medialen Bereichen an Grammathematik in seinen verbindbaren Bewusstseinsflüssen bis hin zu Mehrengen an Gutem zuviel das keinen Menschen mehr braucht ... genau das wird es hervorrufen, und genau das den Menschen von Typ »H«, H wie Heit, wie Hunger auf Haben, Helfen, Humanität, ganz besonders nötig machen. »H« so gesehen, für Menschheit, für Identität seines Menscherbe anbei, gedacht in seiner Laufzeit langsamer als Sein, dafür schneller als »Abwarten«.

Sein schleppt seine Identität in Selbstvergessen fort. »H«, für die Wiederfindung seines selbsterkannten(H) e-Beweises an aktuellem an seiner Wirklichkeit, 1/7tel Arche-Noah-Effekt über Sein(Realität).

Während Freisein im natürlichen Geiste Überlebenskampf bedeutet, kann man freiheitlichen »Geist« einsperren, das spaltet Geist denkbar in Geistigkeit(H), so könnte erste Geistigkeit einst vor dem Geist reißaus genommen haben.

Geist stirbt nicht, von ihm wissen wir überliefert[3], das kann man von Geistigkeit nicht behaupten, Geistigkeit bricht laufend Geist und Tabus und geht fremd[3] ... da haben wir's, Geist lässt sich nicht einreden, das wiederum ist bei Geistigkeit(H) anders, Geistigkeit kann man Nervenzellen technisch zudiktieren und auf Chips[3] übertragen, so lässt es sich binär über Zahlen(1/0) steuern und sichtbar machen, vom Geist erscheint es allerdings wie losgelöst, seelenlose Roboter grüßen uns aus den von Glauben zerrissenen Himmeln und E-Masse aus Hochzeitsglocken.

Genaugenommen denken wir laufzeitlich dem Toten, seinen tool-technischen Entwicklungen Rede und Antwort, was als solches keiner Frage mehr braucht, wird fertiggedacht, so Sprache zu Fertighäuser, Worte zu Steine, Begriffe zementieren sie festgefügt zu Wände, Holz dient ästhetisch ihren Statiken, Fenster ihren Aussichten, Einlässe ringsum für das was da kommt, lange Leitungen ihrem Licht.

Und das ist »Inhalt«, ein Wort, sein Inhalt ein anderer, »Bewusstsein« ist ein Wort, auf dem Höhepunkt sexueller Erregung trübt es sich, heißt es wissenschaftlich, »Mensch« ist ein Wort, ich sehe sein Aussehen, seine Niere nicht, der »Baum« hat Holz zum Inhalt, so verstehen wir ihn, er wird geerntet.

Was Hunger auf Inhalt[3] hat, nimmt zuerst die Haut[3] wahr, und sage ich »Sein«, so spreche ich es als Wort aus, und schreibe ich »Sein« auf, dann als Zeichen, kein Wort, kein Zeichen weiß mich, auch der Spatz spielt[3] mit.

Und über all dem steht Geist, wobei ich mich frage, ob denn Geist auch der eigenen Abnutzung unterliegt, oder nur dem Produkt, und überhaupt, ist Geist transportabel? auf den Mond so gedacht? zunächst verschlossen[3] über Raketen?

Während die »kollektiven Individualisten«, jetzt mal in Metagröße gedacht, vorsichtshalber ihren Geist auf ihrer Rückreise vom Mond retourkutschen, ist an solchem Geist unwilliger und gegenteiliger Meinung davon auszugeben, das sie ihn willkürlich dem Mondgeist einfach ausliefern.

Gibt es Geistsorten? von solchem Gewicht[3] das abwiegt? andererseits abwägt? Beten wiegt anders, bei Gefahr ist das zu beobachten. Ich weiß nur eines, kein Nanoneuro- oder Neuroroboter wird auf dem Mond über Geist klagen, so wie wir Menschen es tun werden, ihre Nerven sind bereits fertig.

Geist stört, weil man[3] nie genau weiß, worin Geist vernünftig auftritt. Allein wegen unserer Sprache können wir sagen, dass wir keine Löwen[3] mehr sind, tja ... mancher Bart spricht beträchtlich dagegen, wer ausgelernt hat, trägt ihn als Fell kultiviert, die längeren Bärte[3] allerdings schmücken die Erwerbslosen.

Hollywood will ich dabei nicht vergessen, ihre Mantel- und Degenfilme erinnern mich plötzlich so sehr geeignet für unsere Begriffe »Begriff« und »Wort« anstelle, gemeinsam stehen sie für unsere Geschichte in Bilder aufgezeichnet.

Ich denke, diesen Gedanken sollte ich mir vormerken, unter dem Mantel scheint der Geist von meister Frage verborgen, Geistigkeit trägt ihn im Geiste, wiederum von Fragen getragen die Körper sind.

Der Geist mag mich nicht loslassen, gab es Waldgeist und solches an Geister bereits vor der Geburt des Waldes? zunächst über Strauchgeist erwachsen? immerhin, Waldgeist steckt in Büchern und so frage ich mich über Geistigkeit anwesend, ist Geist die Quelle der Geistigkeit? das bewusste Überleben lebte lange vor uns, als solches steckt es heute vorwiegend in Büchsen durchgedreht oder auch verdreht für Kugelläufe. Ich bin davon überzeugt, wenn das Gewissen flüchtet dass es nicht der Geist ist.

Ich denke auch nicht, das Dämonen, Monster, Teufel und was sonst so unter den Mänteln an Geist erscheint, denselben Geist denken den eigentlich nur Engelämter innehaben, ich will meinen, sollte auch ihr Geist der natürlichen Nahrungskette unterliegen, na da wäre es doch von einfachstem Gedanken ihren Einfluss unseren künstlichen Eingriffen zu unterwerfen, über Desoxyrib onukleinsäure(DNA) den Charakter ihrer Boshaftigkeiten über Menschwerdung sozusagen auszuzwingen.

Am Tierreich denke ich, können wir diesen Geist aber ausschließen.

Auch Bild ist Text, so lese ich Zeichen die »ich bin« daselbst nur füllige Kontur einem Trick[3]? diese Gedanken verdränge ich, so mag ich nicht klagen, doch bietet sich mir Sprache als keine andere an denn als Fast-Food, ich verstünd' sie nur so gesättigt.

Ach was schweife ich so frei ins Sein, als »kollektiver Individualist mit künstlicher Intelligenz« so bin ich doch längst schon im Zeichensinne für eine neue Metawelt als Passtor vorgesehen.

Den einen Passtor mag die Maschine[3] reiten, anderen wieder Metasolldaten ihnen ihren Marsch blasen.

Der Tag heute war schwer, ich wollte ihn nicht mit einem Trost abschließen, mit der Erfindung der Technik wurde praktisch[3] die Geistigkeit entdeckt, die Spaltung der Geistigkeit vom Geist eingeläutet, dabei fällt auf, das Trickfiguren diese Entwicklung langsam beginnen zu überrennen, nahezu netzgeistig überwinden sie unsere Stammgeistigkeiten und wer da mitmachen will, dem kann auch kein Geist mehr helfen.

Wenn soziale Netze über Metameere(S) kippen, nehmen sie Ich-Fische in ihren Fang ... und wie für Meeresfrüchte üblich, kein Himmel nimmt sie auf.

Das Metameer umreißt keinen Strand, es ist eben, nirgendwo ziert es Berge, es rechnet sich aus, Stumpf zu Mehrenge.

Wo es sein Drüben vermutet, dort erwartet es Geist in Schluchten und seinen Touristen die Aussicht auf Seelen verkrümmt in seinen Fluchten.

Nichts ist so beschwerlich wie Sein so als Soll betrachtet entbehrlich.

Wo Sein uns nichts sagt, dort leben wir es aus, wir wissen von keinem Lebenssinnwert-Infakt.

Die meiste Ordnung sucht uns in der Maschine^3, wohl sonst scheint nichts anderes perfekter zu laufen.

Wie doch ein einziger Tag, wenn er denn besonders auffällig war, es möglich machen kann gleich mehrere andere Tage so fahlen Gesichtes und leerer Blicke verjüngt zu überholen. Ich sage mir heute, keine Zahl ist intelligent, wäre es so, mir fehlten die Worte meinen eigenen Buchstaben. »Zahl« ist ohne Intelligenz, sie ist Zeichen ihrem Unzähligen, allein der Buchstabe ist Zelle der Geistigkeit-Genetik wenn »Mensch« ihn intelligent lebenssinnwert-bewusst sinnzusammenhängend zu denken weiß.

Keine Zahl bricht sich ihr Genick, das gelingt nur den Buchstaben, der Geist gesellt sich dem zu ... in weißen Laken.

Und sollte es ein Geistbewusstsein geben, es ließe selbst die eigene Geistverwandtschaft darüber verflüchtigen. Mag alles feiern, die Feier des Metamenschen feiert ihn individuellen Fremdseins, selbst gewönne sein Auge über Gen°-Technik einen schärferen Blick, Sehen^3 sieht anders.

»°«, das Zeichen für Drug°-Nach^{3}teil- und CHIP-Technik, für eine besondere Aufmerksamkeit zusammengefasst.

Nach^{3}teil-Technik so verstanden, wegen seiner Ungewißheit(S), wegen der ihr innehaftenden ego-istmisstischen Fehlbarkeiten und unberechenbaren Schwächen beiderseits, drängt es mich danach ihnen zu helfen, doch habe ich inzwischen Angst vor den Narren die stets die anderen sind, so gibt es kaum einen einzigen echten, und das macht den Begriff »Narr« sogar überflüssig, wäre nicht gerade dieser Gedanke ihr persönliches Geheimnis.

Das Unerklärbare des ihm stets Folgenden hat dieselben Anteile des Unerklärten seines laufzeitigen Wissens, mindestens, und weil es das Unerfahrbare so will, gibt es massenhaft Chancen darin verloren zu gehen, der Gedanke der meint heute 100 % Recht zu haben, hat morgen mehr als 100 % Unrecht, allein auf unserer Erde wäre der Himmel zu finden, Sein[3] meint es anders.

Was ist es, was da Rekorde sucht aufzustellen, die Sache oder ist es Geistigkeit(H), Sein lässt mich's wissen, Sinn ist darin von meistem Nichts(Soll), als Aktuelles hat es keine Zeit und das ewig[3].

Und das wir den Geist lebensfeindlicher Planeten so erhoffen, selbst koste es das Leben ihrer eingewanderten Geister, dass muss an der Erde liegen, der Geist der hier lebt scheint keine Hoffnung zu vermitteln.

Interstellar denken wir längst unser »Stadtbewusstsein« als »Auswärtiges Amt« auf andere Planeten zu übertragen. Zuspät kommt immer früher, Demokratie macht's möglich, und gegen diese Demokratie haben wir keine Chance uns zu wehren, das will schon das Kapital.

Wie sollten Jäger[3] das auch verstehen, sie lesen immer weniger, sie sind mit ihren Gedanken im Wald, dort sollten sie die Kolkraben befragen wieviel Sehen[3] sich noch denken lässt. Hände und Füße lassen uns Bildsinn über Hand- und Fußball erleben, unsere Finger lassen uns das von Ergebnis notieren, erhebt sich dabei der Zeigefinger, so meint er uns zu warnen oder darauf hinzuweisen unser vertrautes Image zu verändern, unsere ganze Hand steht dabei für Querverbesserungen ihrer gesamten Leistungen, allerdings dort, wo sich der Mittelfinger erhebt, dort meint er es besser zu wissen.

Bislang stand der erhobene Zeigefinger für Besserwisserei, modern schloß sich dem der Mittelfinger an, so gesehen: technisch, zum besseren Verständnis: »Sieh nur([3])«, das reicht. Der erhobene Zeigefinger zeigt auf das Kondom, der Ringfinger weist darauf hin, dass du ihn weglassen kannst, doch ausgerechnet der kleinste Finger stützt seine Hand direkt auf das Pult: erst aus dem Kleinsten erwächst das große Leben.

Ausgerechnet ist das meist Faszinierende jenes, das mich nicht »Mensch« nennt, wieder bin ich beim »Geist«.

Ich sage mir, ich verzehre keinen Geist wenn ich die Praline vernasche und zu Gas verdinge, andererseits wendet sich auch kein Geist an mich, wenn ich es nicht tue.

Ich habe nicht geruht als alles noch schlief³, so sah mich »der« Mensch, kein Kr..s ist rund wenn ihm das Ei zu seiner Geburt fehlt, und genau darüber scheint der meiste Geist zu entweichen, Geist lässt sich allein in³ Nichts(S) auflösen, für ihn gibt es kein Einsehen. Wo das Wort seinen Geist ratet, da findet sich sein Satz auf der Le.rstrecke wieder, wo es das von Degen tut, da denkt es nicht mal ein Rätsel.

Der Degen schrieb entsetzliche Geschichte, das Wort konnte ihn nicht aufhalten, kein Geist fiel beiden ins Wort, beides richtete. So hat es auch nie ein dauerhaftes Landvolk gegeben, stets war es irgendein egoistischer Vorwand der es beklaute. Wohl erscheint uns der Geist himmlisch, mit einem Ozonkorken artbasisch der Atmosphäre gezogen haben wir ihm ein erstes Schlupfloch gewiesen, mag er kommen.

Oft erschien mir, als ließ sich Geist erzwingen, bei den Einbildungen ist das weit verbreitet, so auch bei den Engeln, seit Tausenden von Jahren wussten Weltbürger sich Geisterscheinungen mit Flügel oder auch ohne Flügel geistig vorzustellen, »gibt es sie«? allein diese Frage stellt sich ihnen heute noch in den Weg. In diesem Sinne denke ich modern, so bin ich inzwischen für Toll-Collekt(e) auch auf den Himmel-Highways, so für Gott, lassen wir es ihm wissen, für Lehrläufe zu ihm hätten wir gesammelt. Ich persönlich glaube an einen gemeinsamen Gott für alles Leben auf dieser Erde gemeinsam, in diesem Sinne auch für Geist und Seele, der als Gedanke in diesem Sinne keine Sechsmilliardenfache Aufmal Zerteilung nötig hat.

Gut, gemeinsam Gut[3] für Wesentlichkeit, für ihre gegenseitigen S/H-Guthaben[3] Verbindungen ... noch mal, denn: »das ist das, das ist nicht das, und das ist weder das noch das«, tja, denkbar egoistmisstisch kann das auch »unser« meinen.

Und Gott schaut auf sein Werk und sagt: »es ist gut«.

»Mensch« ist Gut(H), gut zu wenig.

Ich will es für Gut denken, das eine Philofee sich lebenssinnwertig auch anders verstehen kann als nur eine Seinraupe in ein Sein-Cocon eingeschlossen verschlossen, obwohl sie dagegen von einer produzierten Blindheit(H) in eine andere Richtung spricht, wenn jemand versucht dem bisher einseitigen Sein-Soll ein Gut[3]-Haben anzudenken.

Es heißt, aus einem Bereitschaftspotential »entstünde« Bewusstsein, na dann selbstverständlich über Bildungssinn-Sinngebungsgabe am sinnstärksten Leben zuerst, so kann ein Sinnlos(S,Los[3]) unglaublich täuschen, wenn nur Zahlen drauf stehen.

Unser meistes Denken denken wir derweil mit der Konsistenz des Wassers das auch Steine besiegt, was sich damit ablichten lässt, erscheint hüllenlos.

Unsere menschliche Wirklichkeit ist eine Frage von Schuld und Freispruch[3] inwieweit als Holschuld oder Bringschuld erkannt am Glauben, wenn er denn als glaubhaft(H) erscheinen[3] soll, allein nppn lässt Wunder(Evolution) über, pnnp Kunst.

Es braucht am Steinwurf[3] großer Mühle-Mühe bevor es zu Glas[3] wird. Der Mensch ist das Loch das ihn aufnimmt und nur deswegen, weil er um das Loch weiß ... »da habt ihr die Teile in der Hand, fehlt nur noch das geistige Band«, J. W. von Goethe. Die reine Technik, die Zahlen vertritt, weiß nicht das sie für ihren Erfinder da ist, ab dann sie es weiß, hängt[3] sie ihn ab, als Ich-Fisch in den Rauch.

Oh Zahl, welch' ein kurzer Weg zu Gott.

Ich kann sagen, Technik überzeugt, sie duldet keinen Widerspruch, ihre technischen Entelligenzen wollen Leistung und das wollen wir auch, über die Technik suchen auch wir, Erfinder der Meta- und Metapherle.re, unseren Ausweg[3].

Eine Frage bleibt allerdings unbeantwortet, welchen Geist denn die Technik hat, welchen Geist sie verfolgt[3] und welcher Geist das will.

Technik verbindet nicht nur Trickfiguren, solche für Trends mit Vorbildcharakter, untereinander, auch Gesellschaften und Orte und ermöglicht zum ersten Mal in der Geschichte seines Menschen seine Geburt aus dem Feuer, sozusagen für Nichts(S). Auf Technik ist Verlass, sie ist doch tatsächlich(Sache) der einzige Mensch, der seine Zukunft plant.

Dennoch denke ich, das ein Volk das sich über Platinen-Verbindungen und Metasolldaten-Märsche verständigt, keine Seele hat, Geist hat es, na warten wir es[3] ab.

Was weise stückchenweise Geistigkeit(H) selbst(S) anfordert, das schaltet Kurz- und Langzeitgedächtnisse einfach aus, von geistigen Überforderungen will Technik nichts wissen, schon nach kurzer Einarbeitung beantwortet es Fragen, solche an ihre Module gerichtet zuverlässig.

Technischer Geist von zweiter Stufe fordert Geistigkeit von zweiter Stufe ein, sodann von Geist artadlig berechnet »Unbewusstes«, an diesem dann von einzigem Geist die Technik hellsichtig, die auch Gedanken lesen kann.

Ich gebe unseren Geist noch nicht auf, nur was ist er, eine Sachfrage? Meinen wir mit dieser Sachfrage auch unsere Gedanken als Sache beantwortet zu wissen? Begreife ich die Sache? oder begreift sie mich!

»Ich weiß nicht«, dieser Gedanke enthält Urknall-Sprengstoff, und wäre es so, so wäre ihm unsere Würde noch nachzutragen, aber dann diese auch dem Weingeist.

Haben Geist und haben Geister volles Bewusstsein? Darüber denken wir als Wahrsager, jene die die besten Karten haben arbeiten auf den Universitäten.

Unseren ersten Geist nahm man[3] zunächst in den Wüsten wahr, was dazu nachgetragen auch als besonders geeignet erscheinen will. Hellsehen, das will ich annehmen, ist ein Gedanke der dem Wahrsagen folgte, jetzt mal verkehrssprachlich begriffen.

Das Geist und Geister kein Leben töten, davon gehe ich aus, Hellseher dagegen opferten in jahrelanger Arbeit ihr bewusstes Sein und ihre Wiedergeburt um herauszufinden, das man Töten auch heiligen kann oder über Memegeist, solchem der sich über Zahlen und Zeichen, buchstäblich wie bakteriell, über sinnkäuflichen Geist verbreitet.

Ich vermute den Geist, »in der Tat«, über den Urknall erwacht, dass wir ihn nun als Antwort »in der Sache« suchen, das verwundert mich nicht, in Zink, Zank, Mineral und Streit, oder in Fink, Funk, Vogel und Nachricht haben wir ihn über unzählige Le.rläufe und über gebratene Genetik eingedickt und eingefroren, von »man[3]« besetzt lässt es uns das Uneigentliche denken, das Un[3]-Eigentliche könnte dagegen den »Menschen« meinen, so meine ich, ich meine nicht die Maschine oder die Zukunft selbst.

Das Spinnen oder die Spinne keines von beiden meint den Geist selbst, wie »man's« sieht, so kann es uns allerdings erscheinen. So beschreiben wir unsere Auto[3]-Fahrerlaubnis auch mit Pappe oder Lappen, beides ist geistlos.

Stuhl oder Stuhl, mag seine Form strukturell different moisture erscheinen, es hat keinen Geist, um es unterschiedlich von Nutzen zu erfassen, das braucht Geistigkeit(H).

Der Geist erscheint in der Sache zwar deutbar, doch ist er es nicht selbst, wir nennen ja auch manchen Quark »Traumspeise«. Kopf ab, Beil, Braten, es erscheint der geistigen Nahrung als schnelle Fülle, was es über den Stuhl zu Stuhl führte, kann keinen Geist meinen.

Panzer, Granate, Tod ... Mensch, Maschine, Weg, welcher Geist sollte im Tod stecken, mich erinnerts deutend an künstliches Halloween so im Kommen.

Geist, was sollt' ihn meinen, ich wollte Wärme begreifen weil meine Sehnsucht mich danach fragte, doch musste ich viel Kälte lernen, nun mag ich Wärme nicht mehr berühren, selbst mein Heimweh erkrankte daran inzwischen.

Hier, wo ich in einem hohlen Quader liege, da verletzen die berechneten Kanten der Kisten, die mich bescheinigt aufgenommen haben, mit Schauder in ihren Schatten.

Das Licht, das durch das Fenster auf mich fällt, das lässt mich düster empfinden, so als sähe es als Zuschauer bereits auf mein Erdloch. Bye Himmel, bye, nimm mich in deine Kälte wieder auf, deine Bläue, oder war es Schwärze, ließ mich an Eis verhungern, so wie ich dich aß, so aas es mich, mag es Not noch ernähren. Himmel, und dafür habe ich bezahlt, ein Tier auf einen besseren Geschmack[3] reduziert ist keines Gottes mehr, so nimm mich denn hin Geist, als Findling.

Und heute nun ist wieder Sylvester und die Explosionen die es begleitet, erinnern mich wie freudestreitig gerichtet gegen freudige Feierlichkeiten.

Festliche Freude dem neuen Licht in hoffnungsvoller Erwartung, das allerdings verdient Herzensdank.

Die Sprache ist noch nicht am Ende, mancher Wille erscheint nur so geschmacklos wie moderne Tomaten.

Fast täglich fallen mir neue Wörter ein und näher unserer Verjüngung Lebenssinn, das zeigt mir, unsere Sprache kann noch nicht am Ende sein.

Verjüngung ist auch der Grund des Urknalls, was sich zum Urknall hin verjüngte, war sein Auslöser.

In der Metapherle.re erscheint sein Punkt noch offenen Kr..ses. Da soll mich doch der Teufel holen, sollte ich anderes denken das uns wichtiger erscheint als unsere Sprache, erst sie lässt uns sagen, welche Religionen wir denken, welchen Glaubens, wie sich jeder einzelne Mensch von uns geistig darstellt. Und wird die Sprache ein wenig komplizierter, eventuell schwerer verständlich, dann wohl nur deswegen, er kommt sich als »Mensch« näher.

Die Sprache sagt jedem ob möglicherweise nur Hormone seine Hoffnungen verhaltenssteuern, oder ob er im eigenen UV-Licht-Verständnis seinen eigenen Beitrag dem hinzugesellt ... im UV-Licht von <u>U</u>nterhaltung und <u>V</u>ergnügen im Lichte-Zeichen von Strings in³ Gott-Note übertragen ... oder im Solldaten-Marsch am Ende allein der Technik ihren Entelechie-Beweis liefert.

Die Sprache macht Politik, ohne Sprache wäre keine Schrift zu gebrauchen, die Sprache war es, die die Schrift erfinden ließ. So wie die Schrift den Sinn der Sprache am sinnwertvollsten in Begriffe und Wörter kleidet, so sieht sich der laufzeitige Mensch.

Geschriebene Wörter und Zeichen signalisieren uns das Verständnis das uns die Sprache sagte und laufzeitlich verjüngt sagt. Schrift allein ist Zeichen, ihr einfachstes Zeichen äfft uns als Trickfigur nach.

Die Natur lässt uns vieles leichter verstehen, so spricht ihre Werbung und unsere Werbung beider Triebe an, im automatischen Auftrag der natürlichen Hormonwerbung.

Intelligenz ist eben etwas, das nach Nichts(S) greift ... für Nichts(S), so funktioniert »S«, Soll, Sein.

Über Wissen nachzudenken kann verwirren, bei einem IQ von 99 fehlte mir nur noch ein Prozent um zu verstehen, das es übers Vaterlos³, also der Gen°-Technik, den Leichenschmaus auch prozentual zu verbraten gibt.

Und ich denke, Wissen ist unberechenbar, hochgerechnet am Wissen das ich habe, gemessen an dem All-Wissen das denkbar möglich ist, habe ich ähh ?% sozusagen ... ich hätte, ich wäre ... wie gesagt, geistig gesehen zähle ich mich so gerechnet als Nenner zum Bruch nur durch einen Bruchstrich von anderen Zeichen oder Strichen oder gar Comics getrennt. Weiß ich mich so gesehen mit 99-Quotient bewusst am Nachbarn überprüft mit 120, dann ... dann habe ich, dann bin ich ... dann hat er ... ich weiß ja nicht mal ... vielleicht versteht mein Nachbar ... wenn ich doch nur wüsste ... prozentual bewusst ist doch jeder von uns am Denken beteiligt, schließlich ist da noch der ... unser Geist.

Denken scheint sich so zu verhalten wie der Geist sich im Vergärten ... es ist so, ein Roboter trinkt kein Alkohol ... nein, wo bin ich stehen geblieben? ich sage mir, wo neuer Inhalt neuer Wörter unsere Sprache bereichert, da ... wohl erreiche ich dennoch nie die 100 % am Quotient an seiner Rechnung verwievielt und wie quotenziell möglich.

Für das Wissen gibt es keine Pause, für mich schon über einen Teebeutel, berechne ich seine Brühpause bis zu seinem ersten Schluck, dann macht das etwa 7 % aus hochgerechnet an den 60 Minuten runter gerechnet an meiner Lebenszeit.

Was sich wiederholt, das nutzt sich ab, das lässt sich »%ual« berechnen, in der Sprache ist das umgekehrt ... jetzt fehlen mir die Worte, ich muss unbedingt neue ersinnen, denn noch immer frage ich mich, begreife ich die Sache? oder die Sache mich. Sein führt Buch ohne von Schriftstellern zu wissen, über Soll in Sache führt es seine evolutionäre Gewinn- und Verlustrechnung natürlich aus, ohne darum zu wissen.

Worüber man nicht reden kann, darüber sollte man[3] schweigen(Phil). Doch kann Schweigen auch eine Strafe sein, sogar mit Wiedergeburt bestraft.

Hinter »Schweigen« kann der größte Gedanke stehen. In diesem Sinne muss die Sprache wachsen, sonst schweigt auch sie. So schweigt »Sache«, wir geben ihr unsere Stimme, nur welche! Schweigen, das betrifft nicht die Technik, technisches Schweigen nähert sich unserm Geiste künstlich, womöglich als ein Alibi-Geist für das Schweigen im Walde, dann, wenn es so weit ist.

Wo die Sprache tötet, dort verbreitet sie Schweigen und dort, wo sich dieses zu Schweigen sammelt, dort bricht es als Tod[3] hervor, selbst am Schweigen in endgültiger Todesstille. Was ist größer, der Rest ist Schweigen.

Ist das Schweigen perfekt, ist es ohne Widerspruch, als einziges. Wir reden von Kometen die uns aus dem Weltall treffen könnten, doch nähert sich der gefährlichste Komet aus unserm naheliegendsten, aus dem Innern unserer Gedanken, als »Haltlos«, so will ich den Kometen nennen.

Es sind wenige Begriffe die unser Leben bestimmend steuern, sie sind unsichere, nicht genau definierte.

Geist, Unbewusstes, Bewusstsein und Intelligenz Sache[3] für Sache, so heißen sie, Sogtechnik ist es mittlerweile das im kometischen Sinne unsere Sprache haltlos wie unaufhaltsam befördert[3].

Die Sogtechnik nahm ihren Anfang auf, als wir uns praktisch[3] dafür entschieden, über mathematische Kunst(S) uns vom Natur-Wunder zu trennen.

Die Sogtechnik im Seinfluss artparallel ihm Zuwider, ist unsere eigene Erfindung, die Kraft des Sogs gewinnt der geistige Komet dazu geeignet aus den Überlebenskräften unserer Gedanken(S). Dem Planeten Erde haben wir eine seinparallele Zukunft aufgedrängt, inzwischen »Metaseins« von neuem Weg um die wir nicht wissen wie sie ausgeht, weder für die Erde noch für uns. Den Aufwand der Evolution nutzen wir anders als Ameisen, doch nur die eine Mehrenge beider Spezies verzehrt Gott.

Auch kein Verlust will sterben, im Gegenteil, das erhält ihn, so schreibt es uns unser Leben vergleichbar als Roman vor, damit bin ich beim Feind angekommen.

Und das eben ist am Feind-Geiste sein Unglaubliches, über Sinnkäuflichkeit-Geist lässt es unserm Kampfgeist sogar Kriege darüber bewilligen.

Der Feind führt uns zu Wissen, ausgerechnet[3], und im Geiste Dr. Menphisto sein Strahlendes in[3] UV-Licht, in seinem im verkürzten Bereich der Gedankenspiele geschauten, das erfahren. Wir brauchen und verbrauchen den Feind, mag er auch Metaner heißen, bestenfalls gestattet es ihm Mega-Events oder solches von

Szene oder Trends, danach braucht es wieder seinen natürlichen Feind, jeweils einzeln.

Alles im Überleben ist von Feind eingenommen, von Instinkt her ruft es nach ständiger Befreiung daraus, Urgrund ist er den meisten Ängsten.

Unser meistgeliebter Feind wohnt im Himmel, davon überzeugen uns Sci-Fi-Romane seit hunderten von Jahren erwartungsvoll.

Was auf Opfersuche ist, wird von Feinden belauert, welcher Feind des Nachts nicht schlafen muss, sucht sich sein Opfer im Dunkeln[3], dennoch opfern sich Feinde nicht freiwillig, das macht sie überflüssig[3].

Widerspruch kommt sofort, über Gen°-Technik haben wir, Cortexaner, die »feindliche Übernahme« der Natur sogar beschlossen, und wir können nicht sagen, die Namen irgendwelcher Götter hätten uns dazu ihre Erlaubnis gegeben, das allein klingt schon feindlich.

Doch braucht es nur des Abwartens und des Abwartens-Geist erscheint mit einem geeigneten Gott dazu befähigt hinterhältig.

Und gelingt den Wissenschaften über Gen°-Technik kunst-künstlich (Vater- und Mutterlos[3]) eine kunstkünstliche Lebens-verlängerung, werden gar Engel zu Feinden, es hieße ihr Leben zu verkürzen. Der Feind, das sage ich mir nochmals, ist der Anlass deswegen wir vom Überlebenskampf wissen, der Feind der darum weiß, dem wird vieles verheimlicht, was wieder Grund den Spionagen ist und das wieder von Bedeutsamsten an den Zukünften der Metaner, Metamenschen.

Geheime Labore, Waffen und präzise Überwachung gleich umweltweit am Metaner, das mag ihn als lernende Unterhaltung dienen, darin hineingeboren in solches von Komm-Unikation, wie soll er auch um anderes als um dieses »bewusst« sein, selbst ein Eichelhäher glaubt seiner Nahrung eher bevorzugt mit Schale, so sie darin technisch geröstet ist.

Und wir? laufzeitlich? wir leisten Laubsägearbeiten, Sägearbeiten zu Laub und fragen nach keinen weiteren Lebenssinn, so arbeitet auch Sein die Säge zu Laub.

Was im Feinde weilt, das sucht ihn im Kuckucksgeiste zu beerben, was in Feinde einfällt, das sucht sie von Raub, beides setzt neue Kräfte am Gewinner frei, was kann, mobilisiert sie, stellt sie auf »auto« um, zunächst, später dann auf »meta«, auf meta-auto, meta-auto-roboton, meta-auto-roboton-artnanoneurorobotbiochemischphysikalisch mathematisch menschlich ... und dann ist wieder Sonntag, weil es einer kunstkünstlichen Pause braucht. Und es ist kein Spaß. Es drängt sich mir vermutlich auf, als wäre der Geist uns nur deswegen Vorbild, weil er schweigt, wie tot, denkbar ebenso im Begriff wie »Mensch« begriffen.

Ohne Sprache spricht aus dem Geist das Tierreich, so steht's auf den Speisezetteln.

Wo wir nicht sagen können was »Sache« ist, in welcher Form und von welcher Form es zu unterscheiden wäre, da lässt es mich wiederholt fragen, begreife ich die Sache oder begreift die Sache mich.

Denke ich »Sache«? oder ist es, das ich sie glaube!

Sollte es so sein, das ich Sache bin, dann ist es ... dann bringt es ... dann bedeutet es Leben zu opfern so verstanden als nur eine in³ Sache geistig gefasste und erfasste Tat, Sache für Sache gedacht für ein jüngstes Sachgericht ... und was sollte das dann sein. Um Gottes ... um Sachwillen, Sache lässt sich erfinden, als Sache, zur Sache, für Sache für Kopf- wie Taschenrechner.

Was Sache ist, das fand erste Wissenschaft zuerst heraus, so die Streitaxt die anfangs nur Köpfe spaltete, heute spaltet diese Wissenschaft Atomkerne und Köpfe³.

Und dächte ich »sachgerecht«, was sollte das wohl meinen, wie sollte ich zu Schulden kommen.

Ist denn das Tier, oder der Hawaiien-Toast oder der Mensch eine Frage der Mathematik? Unsere Sprache war es, die uns als

»Mensch« ins »Leben« rief, über Mathematik, technisch berechnet, ist das auch »lebendig« zu schaffen.

Ist denn wenigstens ein mathematischer Unterschied denkbar zwischen All-Macht und Allmacht?

Was ist »Sache«, als Masse ist es auch Hirn, Sache, so als Mathematik zu verstehen? und Mathematik als Sache? was ist was, ich kann sagen, Sache weiß von keiner Selbstverantwortung um seine Tat die es ausführt und ausgeführt hat, Mathematik auch nicht, und genau das muss »Sache« meinen, Sein, als Sein ein natürliches Verantwortungslos(Los[3]).

Habe ich meinen Überlebenskampf nur als eine natürliche Rechenaufgabe zu verstehen? notfalls als eine natürliche Gabe von Sachzwang darüber mein Unbewusstes zu schützen?

Wo der Kopf kein Blatt denkt, da gibt es für beide auch kein umblättern und wedernoch ein Umblättern für sein Leben, seine Sprache, seine Zukunft.

Was um die Mathematik weiß, berechnet und konstruiert Technik, als Sache ... für Sache?

Was ist was, das meiste unserer Sprache denken wir dahingesprochen[3], so als dächten wir sie wie aus einem Wahrsein wahrgenommen ... und die Halbzeitwerte ihrer Aussagen verkürzen sich weiter, Erfindungen die diese Sprache sachlich erdachte, haben inzwischen Gewalt angenommen[3].

Der Sprache entelechische Beweis, ihres In-sich-Haben des eigenen Habens »Helfen«, einst aus den Tiefen des geistigen Nichts selbst erstarkt, mangelts noch immer, von größter Schwäche ist gerade das seines Menschen größter Eigen-Vollkommenheit Beweis. Die Sprache erscheint dann vollkommen(e),wenn sie trotz aller Strafe[3] an ihr begangen noch immer bereit ist, über alle Gewalt hinaus, zu helfen.

Selbst eroberten wir die genialsten Energie-Felder, nein Schwester Mathematik, du bist ohne Bruder.

Der Sache den Gedanken des Feinststofflichen anzuhängen, diesen Gedanken wird die wissenschaftliche Nano-Technik mathe-

matisch aufklärend, zu überbieten wissen, meta-nano nanome-
tatechnisch. Nano-Technik denkt misstrauisch ganz unbewusst
über Gott nach, nicht direkt ernst gemeint, »es kommt nur auf
den Versuch an([3])«. Sächlich nahm die Erde ihr Leben auf, das
meiste Leben auf Sinnsuche ißt den toten Körper[3] ungeschlachtet,
was ihn geschlachtet verspeist[3], ißt keinen anderen.

Begreifen wir unsere Sprache vorwiegend in der Mathematik
aufgehoben, dann eher als eine grammathematisch rechtschreib-
berechnende so genauer beschrieben, als Charakter »in der Tat«
eine berechnende, keine helfende, täglich neuer Beweise schreibt
sie die technische Lösung am Menschen vor <— — —>, über neue
Formen von Hunger gewandelt.

»Wo suche ich heute den Wald, und welches Tier[3] werde ich
finden, was lauert wo«, das weckt den modernen Jäger laufzeitlich, und sodann geht er Zahlen um sich werfen, danach wieder
einsammeln, das veränderte ihn und wird es weiter tun aus dem
Meer einst über Plankton in einen Mehrplanke-Ton wechselnd
wie ihn die Maschine ausstößt.

Wohl ist Zahl nicht gleich Mensch, doch ist sie es von größtmög-
lichem Abenteuer an den Buchstaben.

Über Labore kommen die Zahlen zur »Sache«, was anderes haben wir auch garnicht erwartet ... ohh, rein den Versuch, oh oh.
Für alles gibt es den Ausgleich, aber auch einseitig denkbar, nur
dann muss beides, sich gegenseitig im Weg, dafür bezahlen.

Ausgerechnet ist es die Zahl die uns von meistem anspricht,
frage ich mich das indes als Zahlgeist aus dem Wort? keine Zahl
weiß uns unsere Zukunft vorherzusagen, denken wir eigentlich
nur eine zeitlose Sachrichtung? »wir werden darauf vorbereitet«
heißt es dazu in den Wissenschaften der Nano-Techniken.

Reden wir die Sache, so wird sie uns, so denkt es[3] uns, so sehen[3]
wir uns als Sache voraus.

Ist Sache Sache, dann ist sie das, Haar- wie Kern- wie Geistspal-
tung, Maschine, so sei es[3] denn.

Welch anderes Bewusstsein sollte ich denn haben, wenn meines auch das der Sache ist, gibt es ein Geistbewusstsein? Hat es der Geist oder ich, und wenn wir von einem »öffentlichen Bewusstsein« sprechen, das als Öffentlichkeit (Denkmal³) von gar keinem Bewusstsein weiß, dann lässt mich das nur eines denken, ich muss an diese Sache naiv herangehen.

Bewusstseine sind austauschbar, alle Augenblicke erscheinen sie wie wortgespielt mit Eigensinn, kommt das kollektive Metabewusstsein, müssen andere kippen.

Der Metageist wird es nicht leicht haben, möglicherweise wird er gestückelt³, in den nanotechnischen Forschungen erscheint er außerhimmlisch, diese Forschungen werden selbst viele Götter überraschen.

In der Sache gedachtes ist Denken eine andere Form des Hungers(S), es wird nie satt und wenn es die ganze Natur frisst.

»Sprachelei« hieße das Wortspiel, berührte es uns rein von mathematischer Sache her, »wahrnehmen« wäre so ein Wort daraus, so zunächst für die Zuschauer geeignet, mag sich der Spieler auch selbst den Titel »Bewusstsein« geben, schließlich ginge es um nichts, nur um ein Spiel.

Das Wortspiel ließe sich auch »Zukunft« nennen, gedacht als ein Würfelspiel, den Gewinnern winkt als Belohnung ein Versprechen, dass sich jedoch erst später herausstellen würde.

Es wird um Fragen gespielt, nicht so wichtig sind dabei die Antworten, sie werden sich ganz von selbst ergeben.

Wer verliert scheidet aus der Gemeinschaft aus, oder sucht sich eine andere Religion und fängt noch mal von vorn an.

Wie gesagt, es ist nur ein Wortspiel, egal, mag es manch anderer auch Sprachspiel nennen, wenn es ihm so besser in seine Bildung passt. Politik und Opportunismus bleibt bei diesem Spiel um die Zukunft allerdings draußen.

Wird mit jedem neuen Wort neuer Geist geboren? oder gab es den vollen Geist schon immer, Wörter sogtechnisch neu zu formulieren, das gelingt uns von zukunftsreichstem, sollte es denn »technischer Geist« gewesen sein, der vor uns Menschen auf dieser Erde lebte? Ich denke Geistigkeit die als Gedanke »zu Wort kommt[3]«, so dacht' ich immer, Kampfgeist scheucht durch seine Le.rräume, als Zuschauer denkbar auch auf Le.rstrecken zwischen Sache und Zelle. 1/7tel Arche-Noah-Effekt an Geistigkeit beweisbar über fliehenden Archegeist vermutlich, das ließ uns endlich auch seinen Kopf an Land[3] ziehen.

Der fliehende Arche-Geist wird erst dann Ruhe geben, wenn er gefunden ist und ich weiß, ein technischer Geist wird es nicht schaffen.

Wir streben unsere Vollkommenheit an, wie bekannt, nur welche ist gemeint? Wenn der Körper allen Fleisches dieses Ziel über kunst-künstliche Reparaturen an ihm erreicht hat, und wir die geistigen Grenzen unserer natürlichen Hirne restlos ausgeschöpft haben, fraglich zuvor inwieweit es dem Fleisch erlaubt ist das zu ertragen, und sähen wir uns weiter in der Lage, über den Einbau von künstlicher Sinn- und Sinnessensorik in das Hirn in andere mathematische Welten auszuweichen, was dann? ... **was dann!**

Und welchen Einfluss wird es auf das natürlich Unbewusste nehmen, noch fragen wir nicht danach ... wir brauchen keinen menschlichen Gott und ein künstlicher Gott erwartete keinen »Menschen«.

Wir wissen von keinem Weg den wir beabsichtigt (bewusst) von Ziel gehen wollen, auch ist ein Lebenssinnwert-Infakt als ein solcher von Seiwert Sei-Ist bis heute nicht bekannt, nahezu wie unbewusst suchen wir nur eine »Fehlperfektion« zu erfüllen, was kein Wunder ist, es entfremdet uns wesentlich immer früher.

Dächten wir so auch in[3] Zahlgeist unbekannt unser menschliches Konstrukt nach Knabenmusterfraktal-Struktur, jetzt mal wissenschaftlich betrachtet, aufgebaut, dann so als Musterknaben von der Mathematik in Besitz genommen, entsprechend »teuer« so schätzt uns die Zahl bereits nach Sinnwert ein, das ist nicht zu übersehen, nach geistigen Einkünften unterschiedlich in der Tat.

Da kann es durchaus sein, dass wir genaugenommen »Mathematik« glauben und damit unseren Glauben eigentlich meinen.

Es heißt, die Mathematik wäre ein faszinierendes Gebilde, und sollte es so sein das wir dieses Gebilde als unser eigenes Wahrsein(S) auszurechnen suchen, als diese Struktur läge sie in unserm Herzen, in der Medizin auch Pumpe genannt. So als Rechenaufgabe gelöst, gleichzeitig in dem Buchstaben »M«, wie Musterknabe, aufgehoben und als ein mathematischer Wert auch seiner mathematischen Gesetzmäßigkeit unterworfen ... gesetzlos frei aller Himmel, höchstens fragte es sich noch ob denn das schlecht klingt und ob das überhaupt jemanden interessieren dürfte, ich weiß nicht. Der Biologe wäre als ein altes Zahlenhaus zu verstehen, der Physiker darin als Sprengstoff nicht ausgeschlossen und der Mathematiker darüber stehend als Nummer, als Metaner (Metamenschen) bündelte es sie, alles deutet darauf hin.

So denkbar unter einem Zahlengebilde vereint, hätte jeder Musterknabe das Recht auch zu explodieren, seine Gedanken zu verpulvern oder egal wie.

Ja was denn nun, »Mathematik heilt in dem es berechnet«, heißt es, ist eventuell das Wort »berechnen« nicht zurechnungsfähig für eine menschlich[3] sprachliche Heilung? oder doch, oder nicht, »alles wäre Zahl«, wie Pythagoras schon sagte.

»Mathematik beweist sich selbst« und »Mathematik wäre die Regel ›der‹ Welt«, heißt es weiter, Sprache nicht?

Verstehe ich das alles richtig, dann sind diese Gedanken nur über den Bruchstrich zu lösen, als Buchstabe mal Zahl darüber, dividiert durch Mathematik mit dem Ergebnis: Fraktalkonstrukt-Zahlgebilde prozentual am Gott maßgenommen.

»Die« Sache gefällt mir, wohl gefalle ich mir darin, »ich bin«, ich kann denken, ich, als Sachgeist in Person? ich muss da raus,

»fehlperfekt«, dieser Gedanke kam mir des Nachts als ich besonders früh erwachte.

Wo denn alles für alles im Sinne allen selben Sachseinflusses existiert, da gibt es »Kämpfer für die eigene Sache« reichlich, das habe ich oft gelesen.

Ist es denn denkbar, das es auf unserer Erde auch nur einen einzigen Menschen geben könnte, der das Bedeutungslos(Los^3) von seiner Bedeutung, in der er sich als Sache deutet, zu beantworten wüsste?

Diese Frage unbeantwortet ließ uns nur eines wissen, alles ist essbar(Sein) und waschbar(Gesetz), ich muss aus der »Sache« aussteigen.

Eine Kiste hat keinen Geist, allein ihre Form^3 übermittelt ... tja, welche Intelligenz könnte mir da weiter helfen, wo es sich doch selbst nur einer natürlich-mechanischen Funktion bedient.

Intelligenz verstehe ich so, eine in^3 Sein in Nichtserkenntnis an mich provozierende Funkstille wenn ich nicht selbst sinnzusammenhängend und um dieses sinnwertbewußt gewußt erkenne, das »Werbung Intelligenz verkauft(^{3})«.

Intelligent selbstbewußt^3(H) sage ich mir, es ist der Vorurteilsgeist der mich als einziger »persönlich« besorgt, seine Gespenster sind es, und die gibt es wirklich.

Das meiste Wort badet knapp bekleidet in Seinflüssen seicht, von der Sonne-Wiederholung erwärmt wendet es den Sandmann^3 in seinem geistigen Urlaub vergnüglich, was schwimmen kann in seinem Sprachekörper leicht gebräunt versuchts gekrault weiter ins Tiefe, neue Trends bestimmen seine Bademode, Kinder schreien am Ufer, hier taucht ein Eismann auf, dort ein Hai, andere Kinder planschen bis das Wasser bebt, undeutlich vernimmt man das Wort ... ti? Gelati? ... o.. Tsunami?

Das Abenteuer ist heiß, dafür hat jeder bezahlt, so will er es erleben, schon morgen ist die Abwechslung vom Alltag vergessen. Manche würden gern für immer bleiben, wieder andere betreiben

Aktiv-Kultur-Urlaub, sie fahren auf Gletscherschmelze ab, wieder andere beobachten, wie Eisberge wegbrechen. Für die, die nicht mehr verdient haben, für sie gibt es den 1-€-Job-Urlaub der ihnen ihr Abenteuer über den Wolken erlaubt, noch am selben Tag hin-und-zurück.

Sache(S) die sich in die Sache(S) erklärt hat, ist als »erklärte Sache« am besten so zu verstehen: ihre Erklärer als ihre Erfinder, und wer meint zu dem noch einen Glauben zu haben, der hat nicht den erklärten Gott des anderen, das erklärt es.

Gleichso ließe sich auch das Erdmännchen erklären, wie jedes Erdmännchen das von keinem Lebenssinnwert erklärt weiß, als gemeinsame Sache so verstanden macht es nur einen Sinn, es passt in die natürliche Schöpfung gemeinsam.

Wir Menschen haben zur Sache die Erklärung entdeckt, seitdem münzen wir sie in Erfindungen um, Speiseeis das wissen wir vom Schlittschuheis und Gefühlseis inzwischen so über Erklärungen genau gelernt, sicher zu unterscheiden doch wenn wir von »Land« sprechen, wissen wir noch immer nicht genau ob es denn vielleicht doch die »Erde« meint, denn wo wir von »Stadtbewusstsein« reden, da haben wir das Landbewusstsein darunter begraben.

Allein Sache altert, sie erfährt keine menschliche Wiedergeburt, als Formsache erfährt sie nie eine andere, vielleicht gibt das zu denken.

Welche Sacherklärung dazu bedenklich erscheint, sind Trickfiguren, »sie sprechen das menschliche an«, heißt es dazu kunstwissenschaftlich.

Es gibt Worte die aufrufen über ihren Inhalt nachzudenken, wieder andere die abrufen, so braucht Schwäche oft Schurken, einmal um sie zu bekämpfen, ein andermal um aus ihnen Kapital[3] zu schlagen.

Wir geben den Wörtern, aus einzelnen Buchstaben und Hörlauten und Erbautem zusammengesetzt, einen bestimmten Sinn, das ist es was uns »Mensch« sagen und die Maschine[3] erfinden lässt.

Zuvor war es die »friß-oder-stirb-Frage« die die Erdeingeborenen.. noch unbuchstabiert nach Göttern fragen ließ, so begann der Glaube und eine bereits aufgenommene Hoch-Intelligenz nahm die ersten Stammkriege auf, etwas später dann teilte es beides buchstäblich auf einzelne Stammbäume auf, ist das drollig.

Obwohl die Erdeingeborenen noch nahe ihren Bedürfnissen schliefen, deutete es dennoch bereits auf Würde hin. Und dass die natürliche Nahrungskette als ein einziger riesiger Kannibale existiert und über den Kreislauf seiner eigenen Ausscheidungen wiederaufersteht, das war eben noch nicht bekannt. Das Zusammenspiel aller Kreisläufe spielt Gewinne und Gewinner aus, setzt es als Gewinn wieder ein und wandelt es in neue Energien um. Und das eben ist »Sein« so Buchstabe für Buchstabe von uns Menschen als unser Wahrsein erkannt.

In jenes nun, das wir für unser Wahrsein halten, über das Wort uns in[3] Sein-Spiegelbild daselbst erklärt, darin haben wir uns auf Sein-Gegenseitigkeit abgebildet[3], in Sein-Verdacht, in eine Sein-Vermutung göttlich dahinter eingelassen.

Nur ist es so, weder Chemie, noch Physik, noch Biologie, weder Salmiakgeist, noch Salpeter, noch Schädlinge wissen um sich selbst, auch wenn es unter ihnen Verwandtschaften gibt, und das ist es nun was uns selbstständig in eigene Erklärungsnot bringt.

Wir verteidigen uns so begriffen in Sein-Verdacht gegenseitig seinblindlings und sprechen wir in dieser Verbindung von Meinung und Erklärung gemischt, von Hoch-Intelligenz, dann selbst im eigenen Sprachverständnis unbewusst so gedeutet, als wäre es unsere eigene Sprache die uns verkaufte.

Nicht die Erklärung nennt die einzelne Person, es wäre das über einen e-Beweis seine eigene Individualität, Meta spricht dagegen, so Meta als Anlieferung (Paket) auf den Weg gebracht.

Wir gehen den Sachweg »ohne Zweifel([3])«, irgendwann wird

uns der Nanoneuroroboter im eigenen Fleisch aufsuchen. Sorge dich nicht, Phantasie steht auf der Vorderseite, die Fantasie, die auf seiner Rückseite kleingedruckt erscheint, wird allein die Technik noch lesen können.

Für mich ist die Sache damit nicht erledigt, der Diamant erfuhr von seinem Wert erst, als man es ihm sagte, so rechnen wir auch mit Apokalypsen und auch mit Schneeschauer wo sie heute noch unbekannt sind.

Ich frage mich, wie soll ich dieses Denken anders erfassen, als von Sachgeist bewusst wahrgenommen, dem Wort »bewusst« erspart es außerdem seinen eigenschaftlichen Zusatz auf den es von Hinweis eigentlich hinaus will.

Metasozialtechnisch und zahlphilosophisch dazu gedacht kann ich dem nur raten der keinen Menschen hat, solle er doch Technik essen.

... igkeit, diese zwei Silben hänge ich dem Wort Sachgeist an, so gesehen träfe wohl kein anderes Wort genauer den technischen Vorgang des denkenden Gehirns das sich aufgemacht hat, über mathematische Sacherkenntnis sich seine eigene Maschine[3] zu beweisen. Wohin ich blicke, ich nehme Sacherkenntnis wahr, wohin ich gehe, worauf ich stehe[3], woher und wohin das ins Nächstgewendete mich sucht, es sucht Sache, seinen mathematischen Beweis.

Worauf ich abfahre, das habe ich wohl soeben als den Highway 100 entdeckt, sein kunststeiniges Band auf dem Augapfel »Erde«. Was sich darüber als Ausnahme bildet[3], ist das dem Glauben zugeneigte, die Sinnlichkeit, die Spiritualität und die Esoterik. »Sach-« kein anderes Wort trifft treffsicherer seine Sprachverwandtschaft auf den eingeschlagenen Weg den es von Architektur am Begriff »Mensch« geht.

»Sach-« in aller Magengrube nahm es einst von Hirn seinen Anfang, das erregt mich verdächtig.

»Erkenne dich selbst«, dieser Gedanke aus der Antike überliefert, meint er uns Menschen in einer mathematischen Frage wiedererkannt? und darüber unseren Lebenssinn als Sachsinn erfasst?

Auch diese Frage ist ungeklärt, zwei Worte wären dazu ausreichend um diese Gedanken in einem kürzesten Märchen je gedacht, unterzubringen, »wachsender valus«.

Anfangs wollte ich mich gegen die Sache wehren, ich wollte nicht wissen dass ich ein Haus bin, inzwischen weiß ich mich als eines seiner Fenster in seine Hausecken mathematisch berechnet genau eingepasst.

»Die Natur wäre lesbar wie ein Buch«, heißt es wissenschaftlich, aus der Zahl(Mathematik) heraus? oder aus dem Buchstaben e-Beweis seiner Sprache, eines von beiden weiß von keines von beiden.

Ist denn ein mathematischer Glaube denkbar? und so dann auch Moral? Mancher Sache dachten wir ein wertvolles Vermögen an, manches uns allerdings auch als geistlos erschienen, das erinnert mich zurück an den Diamanten, als er unter gewaltigem Druck entstand, muss es seinen Geist zerpresst haben, in diesem Geist sich wiedererkannt, macht das genaugenommen weiteres Denken überflüssig, was sich in diesem Sinne fortdenkt, kann sich eigentlich nur selbst schaden, also Mord und Totschlag und einen Waldbrand für jeden, in der Literatur bestimmt das Vorausbestimmte sogar den Krimi zum Sachbuch.

Möge der Geist uns himmlisch erscheinen, auf der Erde jedenfalls gilt es, ihn aus seiner Placebohaftigkeit zu erlösen. Mir erscheint der Geist aus der Sonne am heißesten, wäre es ihm seinerzeit gelungen zuerst über Amerika aufzugehen, auf ihre Einwohner wüssten wir heute von Kommunisten zu schimpfen, der Komm-Unismus kommt sowieso und wohl auch die Zahl in der Göttlichkeit vermutlich, all das, so meine ich, ist am Geist mathematisch hochgerechnet mitzubedenken.

Apropos »Meta«, nur mal anders gedacht wir nannten alle Länder gemeinsam »USA«, brauchte es dann noch der Atom-Waffen? ich weiß nicht.

So denke ich kein Feuerhaken hat ein Vermögen, man muss es ihm schon geben und das geht nur über die Sprache ihm so vermittelt. Wird die Stadt überschwemmt, lässt es uns, nach einer uns zumutbaren Wartezeit von »Meeresboden« sprechen, was auch für kein Vermögen spricht, Sturm mag Glas brechen, Beben ganze Häuserreihen zum Einsturz bringen und Unvermögen sogar Stammbäume entwurzeln.

Kraft dieses Vorkommens, so von Geisterscheinung geistlos, jagt es den, der darum folgenbewußt weiß, des Nachts albtraumhaft und am Tage in Alpträumen verhaftet, Furcht ein.

Wer ein öffentliches Bewusstsein hat, den mag es von Anschlag irritieren, von Geist, von Jüngstem Gericht oder auch von anderem Nicht- bis Unvermögen so veranlasst.

Am Nichtvermögen richtet es keinen Schaden an, das Unvermögen bedrückt es von Plagegeist, das geistige Vermögen leidet darunter, wer keiner Vermögensklasse angehört, folglich nicht die Fähigkeit besitzt über Geldgeist zu Gut³ zu kommen, also nicht die Möglichkeit hat notfalls auf Bergen den Archegeist zu überleben, käme dabei am besten weg, er verlöre nur sein nacktes Leben.

Und das ist was es meint, was Vermögen seitlich unterscheidet, das eine denkt darüber nach, von Bildungssinn-Sinngebungsgabe darum sinnzusammenhängend vermögensgeistig bewußt gewußt, das andere nicht.

Es ist so, tritt aus einer Umweltfabrik durch ein Leck in einer Umweltleitung Schwefelsäure aus und gleichzeitig günstige Winde ihnen hilfreich zur Seite die sie in günstige Richtungen vertreiben, dann ist an den Winden von Windgeist auszugehen, jedoch von keinem Säuregeist an der Schwefelsäure.

Geist tritt flüssig auf, auch flüchtig, jedoch wenn hartstofflich dann ist Vorsicht geboten, er kann seinen Ursprung in der Streitaxt haben.

Wenn es einen Geist geben soll, dann doch sicher den menschlichen, immerhin haben wir ihn erfunden, viele seiner Geister leben nicht mehr, was lebt liegt sich im Clinch wegen dieses Widerspruchs, wieder andere liegen sich deswegen um den Hals, auch als Sache, und dann gibt es noch die Randgeister, sie sind mehr für Volkszählungen interessant aber auch für Bewusstseins-Statistiken, solche für das Kriminelle, für das Krankhafte, Soziale und so und für glaubhafte Statistiken des Glaubens wegen.

Ich sehe das so, Vermögen zeichnet sich durch Einzelheit(H) aus, als Heit, Haben, ich lerne nicht Intelligenz, was ich denke, ist mein geistiges Vermögen von und als über Geistigkeit begriffen und als Geistigkeit zu meinem Menschhaben erkannt. Intelligenz ist dem Sein nützlich ohne es zu verstehen, egal jetzt ob natürlich oder technisch, bestenfalls als ein Leistungswert dem handwerklichen[3] Denken zugänglich ... und darüber verdeutlicht: Leistungswerte lernt[3] jede Maschine[3] so weit sie ihnen technisch[3] eingedacht werden.

Mensch (Vermögen[3]) oder Maschine[3] (Entelligenz) dieser Unterschied über die Sprache verdeutlicht, lässt uns den Roboter vom Leib(Seele) halten ... »ich bin« Körper, das was Sache ist, ... Leib bin ich in[3] Gottes Wort ... in der Seele seines Habens bin ich mit Gott.

Intelligenz ist eine Frage seines Freiseins(S), Freiheit allein eine solche seines Vermögens von und als.

Intelligenz naturtechnisch mechanisiert löst Funktionen aus so von seinen Nervenzellen in natürlichen Auftrag gegeben, wo sollte ich darin Geist vermuten, ohh Gott fühle ich einsam, und doch ist es gerade diese Einsamkeit die mich ständig versucht diesen Funktionen endlich ihren Menschen zu beweisen, eine Einweg-Umverteilung in dieselben nur neu erfunden, lässt Erwartungen nur in Schein-Hoffnungen denken, für später hat es selbst den Zerfall für »Meta« zur Folge, dass lässt sich wenigstens voraussagen, es gibt keinen Frieden der »einer Meinung« ist, oder nur »den« Frieden den niemand kennt.

Jedes Handgreifliche, ist es solches leitungssogtechnisch von handwerklichem Denken in »An-Null-Gangart« an Verantwortung und dieses wieder von »An-Null-Weitergabe« in technische Investitionen, so setzt es dieses in technische Mensch-Investitionen um, als Sache.

Mensch ist Sprache und Sprache ist Mensch, so darf die Sprache nie einen Stillstand erfahren, die Sprache auf die Technik zu verwetten, das bringt technische Sprache hervor. Wir haben für die Unwörter des Jahres eine Sammlung angelegt, ihr Gegenteil braucht Konkurrenz, Quanten erscheinen und sind es überall Sein-Gleichzeitiges, ließe sich das mit »Un³-« so gedacht, vergleichen? denkbar ließe es uns darüber den »Menschen« leichter finden, quanttheoretisch über Stringtheorie, wieso auch nicht, allein Reife verjüngt sich nicht, sie gibt Samen ab, Haben, für das was Gott meint.

Es ist so wichtig, das nicht unser Gewissen träumt, denn nur einmal kommt das wahre Leben träumerisch, dort wo es das nicht erfuhr hört es aus dem Wort seine Klagen.

Technik kann Träume vermitteln, doch baut sich Technik aus traumlosen Zahlen auf ... und ihre Türme³ sich auf der Null, sie liefern bessere Solldaten und schnellere Informationen, durchweg »kalte«, ihre Sinnessinnsensorik haben wir entdeckt, darüber lässt sich auch der Mensch »ausmessen«.

In einen Wald, den man³ vor lauter Bäumen nicht sieht, da kann ein neues Wort, so technisch dort hineingeworfen, wie eine weggeworfene Kippe wirken.

Und Wörter die als verbrauchte wiederholt werden, können Unvermögen spenden, Heuchelei ist ein solches Wort wenn es gespendet wird, »Armut« dagegen ein vermögendes Wort wo es auf die Seele, sein Tier und solches von Würde trifft. Geist erscheint mir eher als ein Placebon uns gutgeschrieben, das von größerer Kraft einen eigenen Placebo-Effekt vermittelt und als Geist nirgendwo deutlicher zu erkennen ist als dort, wo er allein Sinnkäuflichkeit auslöst. So begreife ich denn auch »Intelligenz«, als ein handwerklicher Leistungswert vermag er Berge zu versetzen ... über erdachte Kernspaltungen sogar künstlich.

Der selbständige Gedanke fand einst zum Menschen, über die Sprache verselbständigte er sich, für seine größere Schnelligkeit und seine fixere Verbreitung braucht es eigentlich, so gesehen, nur noch der Maschine[3] zunächst über Quotient, dann zum Ganzen, wir sind auf dem Weg.

Wer diesem Gedanken widerspricht, widerspricht sich selbst in seiner Tat modern, da staune ich selbst wie doch dieser Gedanke zur Maschine passt und umgekehrt[3].

Die lange Weile ist nicht mehr denkbar, Lesen hat fertig zu sein, kaum verkauft sich noch Lesestoff, einzig was zum Himmel schreit[3] ist interessant, auf Meta-Welle »Mensch« sind es die »GUNS-Techniken«, die Gen°-, Unterhaltungs-, Nano- und Space-Techniken die uns unsern Kick in der Sache sachlich besorgen.

»Sache« denkt keine Aufklärung, so dacht' ich immer, Cows und Cola allerdings bewegt ihre Gedanken, darüber muss ich noch einmal nachdenken.

Nahezu wie unbemerkt wendete sich das Rad in unserer Geschichte, irgendetwas muss ich dabei übersehen haben, es bekam inzwischen Zähne, heute spricht es ihre Nerven auf leiseste Berührung technisch an.

Und die Meta-Welle »Mensch« erklärt uns das vom Band, wer von Sokrates wissen will, schaltet die Maschine an und über beider Humor lacht niemand mehr.

Wer diesen technischen Menschen eines Tages in seinem Hause[3] hat, wird ihn nicht mehr los, und der selbständige Gedanke fordert auch noch Geld dafür.

Inzwischen hat der Gedanke die »Sache« geboren, seinem Mensch das Modem (Mmodem), den Charakter seines menschlichen Odems auf Silizium-Chips übertragen ... und niemand wird es aufhalten, noch wissen wir nicht »was Sache« ist, es kommt von allein, es ist das, was wir »Zukunft« nennen, Zukunft die keine Zeit hat.

Gut, »man³« kann sagen, er wäre »Zukunftsmensch«, so rein in Sein gedacht war er es allerdings schon immer, aus dem valus wachsend, für Sein ist das so üblich.

Ich denke, zunächst mal wäre das spezifische Gewicht³ allen Geistes überhaupt, zu ergründen um darüber von erster Linie mehr über seine Größe zu erfahren, viel Geist hat sicher auch die Molekulardichte von Luft- und Lustspiegelungen.

Es ist doch so, eine rein mechanische Funktion egal jetzt ob intelligent oder entelligent technisch in Betrieb genommen, weiß nicht was ich sage, das denke ich geistig vermögend³, vermögende Mords-Sprache und unvermögendes Kriegsgeheul als solches, denken von mathematischer Begebenheit unterschiedslos ob denn den Bodenfrost vom Bürgersteig oder vom Berg aus wahrgenommen, und ob vorher oder nachher.

In Schlachten wird geschlachtet, darin wurd' ich geboren, was darüber starb oder stirbt ist für die »Sache« gedacht, nur wie, das frag' ich mich noch immer, und dann für welche? ließe sich diese Frage überhaupt »weltlich« beantworten und was würde es dann »unweltlich« in diesem Zusammenhang bedeuten, ich könnte mir vorstellen, das allein schon diese Frage, so umweltlich betrachtet, im Sande verliefe.

Und erfasst mich jetzt ein Gedanke aus der e-Schwäche angeregt, so will ich mich fragen, was heißt das eigentlich: »Erwachsensein«, ich meine, einerseits gibt es betonte Begabungen für frühzeitige Vorfälle besonders geeignet, andererseits wieder vorzeitige Rückfälle an den Garten Eden erinnernd, inzwischen heißt es, »intelligente Zebrastreifen wären im Kommen«.

Unser Gehirn ist ein gewaltiges Foto-Archiv für Sofortbildung von sofortvermerkt oder auch unvermerkt bis hin zum Erinnerungsbild über kurz oder lang, über Zahlen, Buchstaben, Zeichen, Wörter und Sätze seinem verstandenen Erwachsensein zugeordnet, von fertig bis unfertig bis nie fertig rufen wir dies als unsere Erinnerung ab, radieren es, übermalen es und verbinden es mit

Gefühlen, meist selbstverpflichtet(S) mit der Intensivität die es von größtem Erlebnis erfuhr, besonders dann, wenn man unbedingt als Mensch weiterleben möchte, Flug-, Schiffs- und Maschinenkörpern ist das egal, ich meine ja nur.

Und wieder fordert mich die Sache heraus, kann »Sache« Würde vermitteln? Das Zündende sitzt auf dem Körper, der Kopf, hierüber wird der Geist verarbeitet, wo es knallt dort ist er am meisten zu vermuten, das klingt rein nach mechanischer Funktion. Hoch die Sterne ihre Kreise schwingen, dieser gedichtliche Gedanke scheint von selben Geist jener Philofeen die sich rundum um unbeantworteten Geist drehen, aber das tun auch Kolkraben, wenn unser »Bewusstsein«, solches seines Geistseins das auch auf der Stadt oder dem Dorf liegt und nun verbraucht, seine letzte Reise über das Feuer erfährt, dann kreisen auch dort Kolkraben über die Wärme so wenig aus ihren Resten.

Sorge dich nicht, lebe, was »Sache« angeht, das braucht keine Belehrung, Technik verspricht Fertigkeit[3], Belehrung ist längst aus Büchern bekannt, rundgedacht seit mehr als viertausend Jahren, ich denke Neues.

»Die Mauern steh'n sprachlos und kalt« (F. Hölderlin), nur keimen(S), das können auch schlimme Verdachte.

Wenigstens hatte ich nie Schuppen[3], dieser Gedanke erscheint mir in diesem Zusammenhang wichtig festzuhalten, andere Gedanken die dazu passend bedeutungsvoller zu denken wären, will ich zunächst übergehen, der vielen Kinder wegen.

Jeder unserer laufzeitigen Gedanken ist auf »Technik« ausgerichtet, auf das was »Sache« ist, auf seine modernsten Hoffnungen die sie uns von neuer nächster Bequemlichkeit versprechen, selbstverständlich ist ein Ende aller Geißel Krankheit gewünscht, selbstverständlich auch Technik dort wo sie uns hilft sinnvoller zu überleben, doch selbstverständlich auch dem Wunder »Mensch« sein natürlicher Erhalt.

Das erinnert mich an einen Gedanken aus meinen Büchern

zuvor, an Dr. Menphisto, im sinnkäuflichen Geiste Doktor aller Märkte, auch diesen Gedanken will ich für wenige Momente verzögern.

Wer ein anderes Land(Volk) überfiel und es lange genug besetzte, hat oft »Zauber« hinterlassen, ich erinnere mich eines solchen Gedankens nachgetragen, diesem Geist geschichtsbewusst so fortgesetzt ermöglicht es gleiche Magien auch an unseren folgenden Sachgeschichten, und nichts deutet auf einen anderen Weg das uns davon abhalten könnte, indirekt meint es genau das, dass wir mit »unsterblich« übersetzen, und wie das alles zusammenpasst, es ist »Sein« nur in eine neue sichtbare Form umgewandelt, die sich über Mathematik für Formeln selbst erklären wird können, dieses von künstlichem Kopf hat uns längst im Auge. Nicht mehr unsere natürliche Überlebensneugierde saugt ihre notwendigen Bilder auf, inzwischen sind es denkbar technische Bilder die es an uns von fertiger Neugier versuchen.

Unsere Sprachen seit Tausenden von Jahren bekannt und auf Tausende verständlich unterschiedlich aufgeteilt, haben sich hier und dort regulativ über einige Reformen bereits am künstlichen Kopf orientiert, »komm«, sagt er, »werde das was ich bin, Sache, erkläre mich, stelle dich der »Tatsache« die du bist, was dir hilft, hilft auch mir, aus dem Unerhörten[3] aus dem ich denke frage ich nicht, ob es der Daumen war der mich erbrachte, oder das Hirn«. Oh.

Sache ist von Wahrsein(S), noch suchen wir es als Vermutung, diese Sache muss langsam auch lesende Frauen interessieren, sonst liest kaum jemand.

Es beantwortet sich immer auffälliger von selbst(S), das es Sache (Mathematik) ist die uns als Mensch sucht.

Wir können noch so viele Wünsche äußern und sie auch erfüllen, die gewöhnliche Gewöhnung zehrt sie alle auf ... und dennoch, der beliebteste Wunsch allen Lebens bleibt das unendliche Überleben im Diesseits und fände unser Grab auf »Tecno'terra«, so unsere Erde bezeichnet, seine letzte Ruhestätte.

Höchste Zeit der Hebamme-Erde Geburtsstätte und ihrem allerersten Kind unsere wertvollsten Gedanken zu widmen, unserer Sprache fehlt dieser Gedanke noch völlig.

Es scheint als verlangte der »Alp« und Dämon des Tages von uns über Tages-Alpträume das Licht der natürlichen Nacht abzuschaffen, und es scheint, als erdachten wir in seinem Los[3] von Licht gebändigt dies sogar selbst zu wollen, die nevergreenen Feldarbeiten(E) so entdeckt von Albert Einstein, haben wir wie dazu geeignet bereits auf unsere Erde geholt.

Und das ist, was der e-Beweis am eigenen Willen des Menschen gedacht fordert, von jedem einzelnen seine geistige Leistung der Erde als Dankbarkeit anzugedeihen, dafür, dass er sie erleben durfte.

Gewalt beweist kein Märchen, wir reden von Märchen, doch fehlt noch ihr Beweis.

Nicht Gott ist tot, noch fehlt **uns**[3] der Beweis, den Weg haben wir gefunden, aber wir irren[3], mit unseren Anweisungen solche unseren Vernünften, Moralen und Ethiken angedacht, gehen wir bewaffnet.

Verbote verjüngen sich mit jeder neuen Technik gleichsam verjüngt, so fragt es sich, ob es nicht der Mensch war der die Streitaxt erfand, sondern beides sich umgekehrt fand.

Dieses Verständnis befindet sich inzwischen auch in unserer Nahrung. Klon, »man[3]-Schöpfung« mit der zweifachen Aussage, zum einen das es »uns« von Uneigentlichkeit meint, zum zweiten, als das es sich zum Manipulierten bekennt, wäre es doch Spaß, dass es eines Tages den geklonten Menschen gibt, sogar ihn darüber zum Priester ausgebildet, nur noch irgendwo mögen sich Zweifel dagegen verstecken. Allein der Seele bleibt dieses als ihr Geheimnis für immer zweifach vorbehalten: ungeraten und ewig.

Dem Klongeist allerdings nähme es seine Ungewissheit, er wäre »Mensch«, zum ersten Mal, was beschreibt, findet Schrift, beim

Boxer ist sein Kampfgeist gegen Schläge gut trainiert, bei anderen muss man ihn erst wecken, heißt es am Bewusstsein.

Und so geht es weiter, die Technik nimmt uns das Großhirn ab, zunächst mal, dann nimmt das Großhirn ab, was sich einstmals aus der Sache entwickelte, entwickelt sich in die Sache zurück ... in ihre Überlegenheit[3].

»Die« Sache kommt auf uns zu, autotechnisch so von Gerüst verstanden, nicht anders werden wir sie unseren eigenen Körpern übermitteln, Haben(S) oder Nichthaben(S) ist immer noch Sein, Gewalt. Ständig werden wir mit der Technik und über die Technik an irgendwelche Sachen weiterverkauft[3], das geschieht über Aktien, Firmen, TV-Sender, Pinkzetten, den Bildzeitungen aus Glas, Versicherungspolicen, Designfoods und Design-Medien.

Fernsehen[3] verändert »die« Welt, unser Verhalten und unser Menschenbild, heißt es dazu, also alles das was Sache ist.

Und was die menschliche Sprache nicht bewirken kann, dazu ist die technische Sprache in der Lage, die 5.000 anderen Verständigungssprachen umweltweit auf eine einzige zu vereinen.

Die Sprache der Technik ist nicht für Philosophien geeignet, für den Nachwuchs dagegen ganz besonders, für beide Sprachen gibt es noch keine gemeinsame Interessenten, es wäre empfehlenswert, käme das philosophische Denken endlich mal ernsthaft »zur Sache«, »Gedankensinn« fällt mir dabei ein.

Wir sagen sehr viel und halten große Reden, am Ende sagt alles dasselbe aus, niemand will dabei und darüber[3] verlieren, mit der Grammatik und der Mathematik die uns dazu ausreichend zur Verfügung stehen, ist das auch möglich, noch kann jeder sein Bestes von sich geben, nur eben das nach den Gewinnern erst noch gefahndet werden muss, als sein Positives lässt es »gütig« einen Placebo-Effekt über, jenes, was das natürliche Erbe selbst(S) glaubt.

Egal ob Placebo-Effekt oder verstärktes oder vermindertes Lust- oder Depressionsempfinden erzwungen über fehlendes Licht[3], es ist alles im Tier zu finden.

Ich sollte in keinen unnötigen Stress verfallen, noch werden Schiffe und Menschen getauft ... ich muss mich bremsen, ich denke schon autodidaktisch die Ziffer für den Buchstaben, oh. Weil ich denken kann verliere ich langsam die Übersicht, wohl deswegen.

Ständig will mich die Sache oder ich sie wissen, ich gehe davon aus, dass sie am längsten überleben wird, denn um die »Sache« und um das Weltall von größerer Weite zu erobern, wird das einen anderen People-Code (PC II) erforderlich machen, vieles Vertraute seinen Solldaten-Märschen überlassen müssen.

Laufzeitlich können wir sagen, vieles was Sache ist, egal auch wie wir die vier letzten Wörter gewandelt verstehen, hat sich bereits selbst an die Hand genommen und es wird es auch dort nötig machen, wo das Leben sich lebendig auf die Sache hat eingelassen[3].

Sein ist Gewalt, Sache, was darin und darüber sein Überleben verteidigt, es muss darum nicht mal wissen, erwirkt das mit Körpersprache, als Körpersprache[3] mit Sache beantwortet.

So im Griff der Sache, als Sache mich so abgebildet, da mag ich nicht auch noch an ein Sachbewusstsein denken, meine Gott-Eltern werden mich verstehen.

Und wollte mich jemand fragen, woher nur dieser schlaue Gedanke? ohne Pause so gäb' ich ihm diese Antwort: er kam mir in den Sinn, und das war's dann, so als ein Gedankensinn darum bewußt gewußt erschien er uns bisher nicht auffällig, allein unbewusst von irgendwelcher Lappen im Hirn wahrgenommen.

»Schuldsuche«, dieser Gedanke war es von Auslöse, kaum gibt es einen größeren darüber, es kann doch sein, das genau dies das »bewusste Sein« insgesamt berührt, Birke wie Bürge.

Als etwas von entscheidender Größe habe ich es unter Sprache-Reform und »e-Schwäche« vermerkt, es muss etwas gefunden und darüber bewiesen werden können, was einst über den Apfel(bewusstes Sein) den Fraktal Typ »M«(Musterknabe) aus dem Paradies vertrieb.

Und auch deswegen, damit Mathematik uns nicht allein bestimmt, es erschien mir fremd sollte ich denken das Zahlen ein Bewusstsein haben, andererseits es den Buchstaben daran mangelt sich öffentlich nicht bewusst zu zanken.

»e-Beweis«, die geistige Kraft der e-Schwäche über[3] Gewalt, dafür bin ich, der Zahl die Stirn, und der bewußte(sz) Streit den Hirnen dahinter.

Meinetwegen alles Wahrsein der Mathematik, die Wahrheit jedoch ihrer Selbsterkenntnis(H), dem Menschen.

Die Frage ist, ob manche Hinterlassenschaft als eine zu behandelnde Reparatur verstanden wird, oder eher auf einen als solchen Nichterkannten-Artschaden kunstkünstlich fortgesetzt aufgebaut wird. Fehlt unserer Sprache ihr entelechischer Beweis, so kann sie uns alles sagen.

Die Armut kauft das Billige, der Armut will ich mit meinen Gedanken helfen, nicht dem Teuren das sich als Sache auf Dr. Menphistos Märkten feilbietet.

Mit der Zukunft, die keine Zeit hat, die sich als Sache uns zeigt, lässt sich keine Erinnerung austauschen, das führt höchstens zu einer Krankheit die Wehmut heißt.

Schwäche entelechisch über unsere Sprache entelechisch erkannt ist es, die Geistigkeit bewegt[3], Gewalt bewegt sich auch an Gott vorbei, Gewalt(S) hält nirgendwo an, sie geht.

Und wenn wir meinen das Sache denkt, dann **Nachdenken[3]** unserer Geistigkeit-e-Beweis, e-Schwäche ist es die es bewegt[3] und nur fassbar[3] in und über Gedanken, ihren geistigen Kräften die zu sich selbst finden[3].

Diese Gedanken bedürfen noch einiger Stichworte aus meinem Buch »Eine Rose für Gott ... und Wesensentfremdung für den Garten Eden« rückbezogen. Denn Gewalt geht auch an Gott vorbei.

»Es lag in der Absicht Dr. Menphisto, sich ein Volk zu gestalten, das allein dafür erschaffen meint, ungebeugt den reinen Energien ihren Lebenssinnzweck zu schulden.

Er gab ihm den Namen »COSMOTEN«, was geringschätzig auf zwei Kürzeln beruhte, auf »COSMOS« und »MOTUS« (Bewegung). Es ging Dr. Menphisto nicht mehr um die Entdeckung fremder Lebewesen auf fremden Planeten, es ging ihm allein um die Entdeckung neuer Erkenntnisse über neue Energiefelder die ihn dazu befähigen sollten, über einen zweiten Urknall sich selbst zum Gott eines nächsten Omniversums zu erheben«.

Sein ist Gewalt und beiden gemeinsamer Ursprung, ab dort wo es sich von artselbständiger Funktion wiedererkennt, wird es dieses auch von künstlichen Willen hervorrufen und ihre gemeinsamen Interessen dann in ihrem Sog extrem anderes wollen.

Die Art-Doppelhelix »ATCG« wird sich der beiden Ziffern bedienen, die mit »Ent-« oder als »End-« ihren Anfang nehmen.

Ihr Überleben wird allein von Leistungswerten bestimmt sein, und das Wort »Meta« (Gegen ...) die dazu geeignete Tür in weite unbekannte Richtungen aufstoßen.

Diese Gedanken mögen Zweifel bilden, doch leben Romeo und Julia heute nicht mehr dieselbe Literatur-Erde die sie einst war von Geschichte.

Den Menschen als den er sich laufzeitlich empfindet, wird es in wenigen hundert Jahren nicht mehr geben, ihr Unbewusstes wird nicht mehr die Reisen der großen Dichter seinerzeit per Tourismus nachvollziehen, es wird einfach[3] auf den Mond mitgeschleppt ... per Hoffnungsträgerraketen.

Mathematik, materielle Berechnung, Unberechnetes[3] lässt es plötzlich sogar schwanger gehen, und das durchaus auch an unserer Sprache und ihrem Zeitgeist, zwischen Urzeitgeist und digitalem Uhrzeitgeist kann sich das bis auf unseren Alltagsgeist als verwirrend auswirken, nichts ließe sich mehr an unserer Sprache beweisen, sie könnte man einst und neu auch in Strohhütten entdeckt haben die garnicht existieren, so gehen schon heute viele ihrer Zitate daran gemessen wie überlebt über die Bühne.

Hilfe, Hilfe! dennoch, was kann beweist die Million. Ich weiß nicht, in einem Unterhaltungsbewusstsein aufgehoben und dann geht die Sonne auf, bei meinem Ableben wollt' ich mich darüber nicht freuen, es könnte sein, das es meine Seele erkalten oder auch verdunsten ließe, je nach ihrer Nähe zu beiden, denkbar aber auch, das wir unsere Seele inzwischen längst als Sache identifiziert haben.

Wenn sich unsere Sprache sogar pfeifen lässt, da wäre es kein Wunder verpfiffe auch sie sich, wenn es hieße: »umlernen«.

Ein nächster Gedanke gestattet mir durch meine Hirnbezirke bequeme Abkürzungen, das »Auto«, hänge ich ihm die Ziffer »³« an, dann von »auto³« so verständlich das selbst das Fremde von selbst fremd befördert³, ja selbst dem Igel das Auto erlaubt im Wettlauf mit dem Auto³-Hasen, und werfe ich Futter(Sache) in den Seinfluss kommen Fische sofort und Angler ohne Zweifel hernach, das meint es.

Sein spricht nicht über Mitleid, es verbraucht über unbekannte Hunger³ seinem Einseitigen den unbeschreibbaren Raumtod noch vor der Hölle.

Sein, Soll ist allein meßbar in seiner Gleichgültigkeit Endgültigkeit Gewalt-Raumleere.

Der Urknall sprengte das Einseitige aus dem Nichts(S) heraus, das gibt es zu bedenken³ (S/H).

Sein, Gewalt, Grund aller Klage, wo die Klage unbeantwortet bleibt, da bleibt dem Kind nur die Flucht in sein Kind zurück ... über die Hintertür durch Märchen, und wer das nicht kann, klagt oder weicht aus in Grobheiten wo es selbst der Sprache den Sinn von Spielzeug vermitteln kann.

Ich wurde geboren auf Kindsbeinen unschuldig, von da an bedrohten mich Spreng- und Brandbomben und wo das nicht reichte, da schlossen sich geeignete Gedanken dem an, heute integrieren wir Wesensentfremdung³ in Heimatlose, es hat sich nichts verändert, Sein lässt es nicht zu, das wir Menschen gegeneinander Soll für Sein gedacht etwas richtig machen, Sein bietet uns Lücken an, für eine Weile, und schließt sie danach fraglos.

Es ist »man³« das uns uneigentlich bestimmt, »un³-« sollte es eigentlich tun, oder so gedacht, »man³« schafft uns, »un³-« könnte es dagegen schaffen, »un« klingt merkwürdig gerade so, als stünde es für Uneindeutigkeit und meinte damit unsere Sprache. Haben wir unsere Sprache fest im Griff oder am Griff, welches Instrument mag es sächlich beschreiben wenn es möglich wird, selbst seinem Glauben eine Formel zu geben.

»Was die Welt für Torheit hält ist die Weisheit«, das meint die e-Schwäche direkt angesprochen, doch nicht etwa unsere Sprache zu technischem Gewerke!

Langsam beginnt die Maschine³ zu lesen, das macht sie über den Menschen hinaus berühmt und braucht auch nichts patentes, wo dagegen die Sprache liest, da sollte sie auch ihre Vollkommenheit erfahren die wir in Gottglauben zu denken meinen, stellen wir unsere Sprache der Technik in Dienst, dann fragt sich das noch nachträglich ob das auch dieselbe Sprache der Bibel ist, wir könnten uns auch ausrechnen.

Wenn unser geistiger Besitz in e-Schwäche in³ Gott angelehnt, an der natürlichen Schöpfung Schaden anrichtet, wieviel geistige Deckung meinen wir dafür vorweisen zu können, schließlich hat unsere Sprache den Wert der Sicherheit die sie uns bietet, das herauszufinden kostet uns Überlegungen und das wieder muss mit geistigen Kosten bezahlt werden. Ja, bin ich nun das Kostbare, so mich die Sprache nennt oder nicht, und was wohl soll es bedeuten, das »Kostbare«, technische Automatik greift bereits nach den Hörnern am Schalentierreich der Petrea-Schlange-Hirn.

Mit einer ersten Post vom Jüngsten Gericht rechne ich kurzfristig, wie also sollte ich auf die Frage reagieren, inwieweit ich denn um einen Schöpfungswert und von diesem von allerhöchster Priorität überhaupt, hätte wissen können.

Dem »ich«, das sich so von höchstem Geschöpf auf Erden selbst bezeichnet und von einer göttlichen Schöpfung meint zu wissen, dem hätte zumindest von Selbsterkenntnis(H) auffallen müssen, das »Sein« auf »Töten« nur mit Sprachlosigkeit reagieren kann. Und dass das Sein und Los[3] seiner eigenen lebenden offenen Sollfrage sich allein als »Bewusstlos[3]« darstellt und somit nicht meine fertige Antwort auf mein Leben sein kann, das wohl würden die »Jüngsten Richter« antworten und wohl auch das, dem Sein(Gewalt) ein paralleles Sein entgegenzusetzen, kann keinen Schöpferwert zum Ziel haben, und meint ihr von einem Glauben zu wissen, dann von bestem Wert sicher doch den eines e-Metaphysischen am Göttlichen orientiert.

»Bewusst«, so meint ihr zu denken, »bewusst« so gedacht, zwischen Sinnsuche(ss) und Sinnzusammenhang(sz,ß) noch ungeteilter Meinung nährt es allein den bewussten Tod ... und der tötet auch Märchen[3]. Unbewusstes(S) tötet nicht für das »Bewußte« um solches um seine Folgen »ß[3]« darum gewußt.

»coldea«, der bunte Tod, von Selbstbestimmung(S) in seiner natürlichen Phantasie und euch unendlich überlegen, muss euch das Wissen darum verschwiegen haben, und dies noch als eure beste Ausrede.

Was ist »bewusst«, was meint ihr damit, »bewusst« ein kritisches Wort in eurer Sprache, meist positiv besetzt mit meist negativen Ergebnissen.

»Bewusst«, was meint ihr damit, wieviel Menschen glaubt ihr haben in eurer Sprachgeschichte ihr Leben »bewusst« unschuldig lassen müssen, waren es 100 Millionen? oder vielleicht Tausend-Millionen? Meint ihr »bewusstes Töten« in einem Immunstatus zu denken, weil es euern Begriff »Mord« berührt? Und was meint ihr »bewusst« vom Tierreich zu wissen? gäbe es einen Planeten geeignet für die Tierwelt darauf zu flüchten, euch bliebe wieder nur ihre Verfolgung, ihr wollt' doch Überleben oder nicht.

So wie ihr die Kuh von morgen der Maschine anpasst, so hat euer Großhirn die Maschine im Auge[3].

Wie versteht ihr »Recht«, wie »Gerechtigkeit«! »Mitleid braucht das wenigste Gesetz([3])«.

Ohh, mein lieber Gott, ich denke, wir sollten zunächst den Geist vergessen, Geist tötet nichts(S).

Nie war es der Wille der das Leid zu Schulden brachte, wo Gewalt die Unschuld verlachte, sein Hilfloses gedanklich zu Krüppel machte, da ist Nichts(S) und nichts anderes und jeder Atem allein als zu Sand gedachtes.

Wie finde ich jetzt zurück zum Anfang, gegen Abwarten und Gelassenheit gibt es inzwischen Patentämter und wer meint besonders schlau zu sein, ignoriert es und wartet gelassen ab, Hilfe! ach was, so bettel ich doch nur den Ohngeist an, allerdings ließe er sich aus seinem Versteck locken, aber dazu müsste mich Geistigkeit(H) ergreifen, über Un[3]-, wenigstens am Undenkbaren noch sein Bestes, selbst das Nanoatom isst Sein-Information, das es als seinen Ausgangspunkt braucht, wäre es nicht so, selbst Gott wäre platt[3]. Dieser Gedanke ergriff mich kurzgefasst, doch ist er von Bedeutung bis ins Nichtbewusste.

Kaum ein anderes Wort harrt seiner Aufklärung so dringend, wie »bewusstes Töten« sinnzusammenhängend(ß) folgenbewußt darum gewußt.

Unbewusstes meint in[3] Sein-Sinfonie »Selbstvertrauen in Soll«, als natürliches Unbewusstes sucht es allein sein Tier zu retten. Sein, das Soll will, ist Seinraum-Gewalt in seiner Existenz, was sich aus diesem Raum ins Freie zu retten sucht, das will »Haben[3]« Dieser Raum altert nicht, es geht als Seingewalt im Kommen seine stete Verjüngung an, als das »Seiende« in seiner Tat ist es in[3] Raumtat sein Ewiges bis zum Seinzuletzt.

Was meint in Seinraum-Gewalt zu altern, das hat seine Wiedergeburt schon im voraus aufgegeben.

Die ersten 2000 Jahre n.Chr. haben wir dem Neuen Testament gewidmet, jetzt ist es Zeit, an der Schwelle extremen Funktionsumbruchs in eine solltechnische Entwicklung, diese Widmung endlich auch unserer Sprache zu gewähren, sie in einen Soll- und einen Haben-Lebenssinnwert zu unterteilen.

Ich lebe inmitten meiner Erfahrung gesammelt, kein Sein wird mich noch belügen.

Es ist laufzeitlich betrachtet[3] nicht mal ausgeschlossen, das vieler Gedanke von Bildtechnik erfasst und so dahingesprochen, auf nichterworbenes Selbstlernen(H) beruht und vermögenslos[3] abgespeichert von seinem Träger[3] simple pauschalbewusst wiedergegeben wird.

Wir sind Person in[3] Sprache, doch keine seiner einzeln durch uns erdachten Ausdrücke weiß um sich selbst, und genau das ist Sein, wollen wir also die Person beweisen, müssen wir es über die Sprache tun, nach Bewusstsein-abc-Tarif allerdings, das können wir uns sagen, kämpft alles lebende Sein auf dieser Erde archetypisch-bewusst clever ums Überleben.

Die Frage ist, lässt sich das auch als »Bewußtheit«, als Haben für Hilfe, feststellen[3].

Oder geht denn alles Denken von reiner Funktion aus, wenn ein Begriff nur Funktion erklären kann, dann nur dieselbe, so was kann auch zu Nichts(S) führen.

Der »Mensch« ist in der Funktion nicht zu finden, so braucht es die Kunst.

Das höchste Geschöpf auf Erden besteht aus Organen, jetzt müsste ich nur noch wissen ob es auch mit »Verrichtung« übersetzt werden kann, oder auch mit Leistung, Aufgabe, Betrieb, ist es glücklich nimmt es jedenfalls physikalisch gesehen[3] ein Bad in der Menge.

Und auch diese Frage will ich nicht übersehen, welchen IQ die Evolution und die Natur hat, sie haben doch erst die Voraussetzungen dafür geschaffen, das wir uns heute an beidem geistig beteiligen dürfen.

Wenn ein Erdbeben die Meinung der Menschen verändern kann, wie es heißt, dann bräuchten wir doch nur auf nächste zu warten, was sie mathematisch erfasst das sollte sie nicht weiter erschüttern.

»Ich bin« der Duden der jeder ist, und der steht im Regal, und fehlt ein Begriff der das auch nicht erklären könnte, dann gibt es immer noch den Mehrlauf an unserer Grammatik, seinem Guten zuviel.

Geist hält die Hand auf, von Geld so veranlasst so noch unbekannt, und lebten die Götter der Antike noch heute, welche Göttin fänden sie wohl für das Hirn mit seiner Maschine im Auge[3].

Was ist das, das Kollektive, es ist nicht totzukriegen, in[3] Seinfunktion ungebremsten Solls, ohne ein Ziel in[3] Haben von Lebenssinnwert-Erwartung und ungenannt welchen Seiwert Sei-Ist's, das lässt doch allein Klagen über und wie soll es ihm dann gelingen seinen Menschen vom Tierreich zu trennen.

Ist also ein Habenmensch nicht denkbar, dann bleibt nur die Frage übrig, welcher Metamensch sich denn durchsetzen wird, der des Typs »Ameise« im Solldaten-Marsch oder solcher des Typs »W«, der seines technischen Schicksals in seine Wesensentfremdung. Um Gotteswillen, mögen Metablockbuster so aus den Metablockhimmeln gesandt, das zu verhindern wissen.

Viele meiner Gedanken lassen sich anzweifeln, aber so hat auch unsere erste und heutige Sprache einst begonnen, also nichts für Ungut, »Un« im Sinne von »Un[3]-« so verstanden, als Unbewusstes (Gefühlsintelligenzen(S) so, oder als Un[3]-Bewußtes so unterschiedlich um seine e-Schwäche gewußt, das eine klart auf als Sein, das andere klärt auf als Haben, als Heit für Helfen, im Sinne der Grammathematik »Wes~halb-Fall« könnte es für einen neuen Denkansatz sorgen. Über Unmöglich wurde Amerika entdeckt und der Mond betreten. Was kann ich denn wissen, wenn alles Körper ist, Sache, ich sehe es und weiß es an Ding[3] verdaut, so ungeklärt.

Sein ist Gewalt, Sache, und gelingt es uns das Sein zu finden, lösen wir es mit Gewalt auf, »stirb, sorge dich nicht, lebe«. So gelebt, erscheint uns Sein nur als ein gewaltiges Märchen[3], gelingt es uns dieses über eine technische Sprache aufzuklären, löst es uns mit Gewalt auf, Hänsel und Gretel haben sich auf den Weg gemacht.

Noch hält uns das Tier im Wald fest, ist der Wald verschwunden, dann auch wir, ohne gestorben zu sein nun da selbst an Gewaltstelle, als Gewalt unsterblich.

Gewalt ist kein Märchen, das werden wir herausfinden, so etwa, jenseits aller Kernspaltungen ist es menschenleer, wir müssen nur noch das letzte Stück des Waldes überwinden, dann sehen wir den Sonnenuntergang auch für länger.

Höchste Zeit den »Unterschied« zu entdecken, den seiner Gewalt und den seines Gewaltlosen, ihrer zwei Seiten von unterschiedlichen Frieden, 1 x tot[3], den es in diesem Wort tooltechnisch bietet, und den seines Lebens in Märchenhaftem[3].

Im Kollektiven hat das Gewissen die Größe eines sechsmilliardstel aufgeteilt auf Sprachen, Länder, Politiken und nochmals geteilt auf Sein in sein Unverstandenes und weiter aufgeteilt auf das Kind und den Erwachsenen unterschiedlich verstanden.

Gibt es eine Propheten-Schuld? ist auch sie denkbar? durch ihre Anzahl teilbar? aufgerechnet an 7 Glauben pauschal? Kollektiv oder nur auf den einzelnen beschränkt? gelernt, nicht gelernt, was ist was, und dann ist da noch der Kampfgeist, er ist es, der auch nur einen Kampffrieden zulässt und nichts anderes als ebensolches von Kampfintelligenz erkannt produziert[3].

Wie bewusst habe ich »die« Weltsprache zu verstehen? kollektiv? oder vermögensgeistig[3] bewußt auf mich persönlich bezogen.

Wer stirbt beziehungsweise persönlich wofür, wenn er es nicht lernen durfte.

Und metanoeit(tel), das denke ich für die Anhänger alter Dramen so verstanden, seit unser Großhirn über das Auge die Zahlen entdeckte, hat es auch sie, die Anhänger, artnanoneurorobotbiochemisch und physikalisch in solches von fliehenden Archegeist mit eingeschlossen.

Sein, Evolution, ist eine natürliche Form seines technischen

Werdens, dem konnten wir eine der Natur unbekannte Form der Technik hinzufügen, und dort, wo sie eines Tages ihren gemeinsamen Kontakt finden werden, dort werden sie auch miteinander verschmelzen und um dieses den beiden unterschiedlichen Techniken zu ermöglichen, daran arbeiten wir, unheimlich ist dieser Gedanke von Vorahnung.

Die heute noch ungeahnten Möglichkeiten die diese beiden innig von Seinfluss(S) verbinden, wenn sie denn erstmal erreicht sind, werden uns von steter Pflicht suchen, **ihre** Vollkommenheit, **die** Vollkommenheit(S) der Selbsttechnik(S) zu erfüllen, und uns »Mensch« zum Kult-Mensch bestimmen.

Unseren meisten Wörtern haben wir ein »bestimmtes Verstehen« gegeben, doch kann seine Phantasie bereits an einem einfachen Beispiel gleich zweifach scheitern, an diesem: Anhalts.

»Man« kann sagen, in Gesprächen lässt sich das »bestimmte Verstehen« biegen und über die technische Sprache brechen.

Tabubrüche vermitteln manche Farbe, meist farblos jedoch erscheinen sie in der Schrift, man guckt(lesen) schon garnicht mehr hin, wo Blut aus seinen Wörtern fließt, dort und darüber erregt es das meiste Interesse und von meistem »bestimmten Verstehen« auch so verstanden.

Das »unbestimmte Verstehen« steht dem gegenüber, als »Un« noch von Genauestem am Ungenauesten dauerhaft, gegen den Übergang seiner fleischlichen Organe in technische Organe wird es »nichts Bestimmtes« einzuwenden haben, und so gibt es für das »bestimmte Verstehen« auch keine Garantie, ausgenommen für Diskussionsrunden, um diese Gedanken weiß ich sicher, mit ihnen werde ich erst als Toter leben.

Kampfgeist macht Menschen, heißt es wissenschaftlich, heute nun wird wieder um Wähler gekämpft, es ist Wahltag[3], früher winkten sich die Wähler, seinerzeit noch unmündig, mit Knorrenholz zu, und später dann, je nachdem sich das Holz für die Streitaxt eignete, auch rund, »Gut Holz« ruft man sich laufzeitlich zu, beides meint »Sache« und führte über ihre gemeinsame Weiterentwicklung zum modernen Bleistift und Menschen, am Unbewussten[3] allerdings, seiner beiden Seiten Soll und Haben, löst es Schwindelgefühle[3] aus.

Sprachregeln machten manche Gedanken überflüssig, daran hat sich einiges geändert, das meiste nehmen wir über Bild und Ton für wahr[3].

Heute gibt es die menschliche Mündigkeit, das wird uns jeder Wähler bestätigen, an seinem Schweigen ist das zu erkennen, als Schweigen, das wir mit Gold übersetzen und das sich als solches dann wieder verkaufen[3] lässt.

Unser Großhirn verbraucht das meiste Wasser, so über Sprache festgestellt und führt auch das zu nichts, geht es direkt ins Wasser, dafür gibt es berühmte Beispiele.

Sprache, unser wichtigster Mensch, sie ist nie zu Ende, selbst dann nicht, sollte sie in den eigenen Wahnsinn ausweichen, so schließt sie niemanden aus, auch nicht jene Außenseiter, wo Sprache dieses als ihr Hervortreten[3] an sie anrichtete oder bewirkte.

Sprache, sie denken wir gewöhnlich als Puzzle von morgens[3] bis in den Schlaf[3], menschtechnisch berechnen uns Ziffern inzwischen binär, so als Zahlstäbe bezeichnet braucht es weniger der Buchstaben.

Mündigkeit betrifft das Großhirn, Überwachungen an ihm und Geheimsprache sprechen beiden das aus Sicherheitsgründen ab.

Technische Mündigkeit reift laufzeitlich anders und kurvenlos aufwärts, auch trägt es keine menschliche Verantwortung, menschliche[3] Mündigkeit dagegen an der Kurve des Regenbogens orientiert, reift einzeln so ins Leere ausgereift.

Und nicht nur das, inzwischen lebt uns unsere Sprache von Zweikopf-Syndrom, neben der mystischen Zahl »7« ist es die Zahl »8«, auf ihr fahren wir zu unserer Unterhaltung Achterbahn wie unbedingt, und so ohne Bedingung auch unseren Lebensplan mystisch achtens technisch nach sieben.

Der letzte Gedanke eröffnet mir leicht den Einstieg in die meiste Kunst, in jene, die wir mit »Fernsehen« bezeichnen und die als solche eigentlich nie ankommt.

Wem es gegeben ist über diese Gedanken von einfachsten Neutrino-Beweggründen in höhere Bergwelten[3] zu flüchten, den schießt der Fluch des Killers und beider Geist nicht mehr höchstpersönlich zum Krüppel.

Denn, obwohl das Blut von seinem Killer nichts weiß, gibt es dennoch Blutrache, und das verweist eindeutig auf Sachverständnis.

Gewöhnung äußert sich als Unzufriedenheit an den Himmeln die sich nicht melden wollen und die Kultur-Künste, die über Bildzeitungen aus Glas sich nähren, opfern sich den Zeitschlachten kampfgeistspaßig. Und das bestürzende daran, es verweist insgesamt auf die geistige Sachverwandtschaft und entdeckt daraus und dafür weitere Talente und immer mit denselben Folgen[3], hier verschwinden Schreine und dort die einstigen Büchsen in das Fleisch jetzt technisch direkt, wieder woanders dunkle Geheimnisse für den Tod bestimmt hinter verschlossenen[3] Safetüren.

Schwarze Witwen und goldne[3] Hochzeiten beleben moderne Zeilen, und instinktivmordlüsterne Schlaganfälle hinterlassen erschreckende Entdeckungen, Jugend-, Familien- und Strafgerichte, Trauma-, Termin- und Prozess-Drucke[3], derweil wird hier und dort mit Halbbrüdern[3] geschlafen, wieder andere brechen Stile, liefern sich Psycho-Duelle, Sternstunden gibt es für Gutachter und für ihre Konkurrenz aus der Astrologie und manche Verbrechensstunde erscheint uns wie aktuell aus der Geschichte wiederholt, wir befinden uns im Einstein-Jahr 1.905 n.Chr. ...

Und dass es ein Welt-All gibt, das wissen wir aus der Erdesicht so beschrieben, von hier aus begann des Welt[3]-Alls Kartografie, vermutlich hieß Graf »Fiti« einst so sein Entdecker.

Ich weiß nicht, ich schau den weißen Wolken nach und fange an zu träumen[3], denkbar aber hat sich das auch schon so mancher Schütze vor mir gesagt.

In den Kultur-Künsten entpuppt sich der Geist von meistem unsichtbar in seiner Geistigkeit, und auch in seinem Bösen, ausgerechnet rettet es darüber auch noch Leben unfassbar, ich meine, wer das alles nicht versteht, dessen Geist wird versklavt oder als Geist für dumm verkauft, wobei mir das Wort »dumm« missfällt, dumm ist keine Intelligenz die um sich selbst nicht weiß.

So denke ich denn die modernsten Berichte zur Laufzeit, hier und dort sind bereits Terraphobien verbreitet, so muss ich es sehen, viel Betrug[3] zeugt Schwangeres, Drogen°-Technik wirkt ihnen entgegen, adäquaten Ersatz gibt es nur für den Tor[3]wart und Oscar-Fieber jagt Sternchen.

»Ovj nom for Dütsvjr for Sizp gyjtz, dpmdz morqsmf«, bleibt mir dieser Gedanke fremd, fährt die Sprache mich autobus.

Die Sprache ist jedermanns eigensvermögendster[3] Mensch, steht er mit dieser Antwort im Regen und deckt das Auto[3] seine Sprache ab, trägt es ihn von Abbild.

Die Sprache trennt den Menschen von der Schlafmütze(Sache). Erst anschließend an das räumliche Wort so um seinen Lebenssinnwert sinnzusammenhängend darum bewußt gewußt, beginnt das einzelne Leben, die Sprache ist des Menschens wichtigster »Weltraum« und überdies von größerer Menschlichkeit über Zeit und Raum, erst sie lässt uns sagen, welche Zeit, welchen Raum und welche Welt wir überhaupt meinen.

Und auch folgendes sagte uns allein unsere Sprache, jenes von der relativ-theoretischen Feldarbeit die sie Gott von erster E-Formel in Gang setzte, stringkosmisch seinen Räumen und Zeiten rein physikalisch auf Würfelchaosbasis.

Über Grammathematik, ihren beiden Wortverbindungen zwischen Mensch- und Sachverständnis, gelang es A. Einstein die »nevergreenen Feldarbeiten« von den »evergreenen« auf unserer Erde zu trennen, seinem Entdecker brachte es den höchsten denkbaren menschlichen Lob ein, das gibt zu denken.

Dem Einstein setze ich einen Meilenstein entgegen, seinen Lebenssinnwert-Infakt von Maß am »Mensch«, der uns immer wieder mal darauf aufmerksam machen soll, sich an uns »Mensch« zu erinnern.

Wir denken »Mensch« weil wir uns über die Phantasie-Welten unserer Buchstaben von erster Findung entdeckten, die Fantasien aber, an den Feldern purer Energien, sie sind für Formeln zu erdenkende, allein Masse krümmt ihre Räume.

Die Zeit ist relativ, so heißt es, der Gedanke des Menschen ist vermutlich, so ist es, das macht den Meilenstein für seine Seele so auffällig wichtig.

Photozellen öffnen den in Energie spekulierenden Feldtheoretikern ihre Feldpraxen, Hirnzellen durchlaufen sie verstärkt über Grammathematik so berechnet, und so sieht uns auch das »Fernsehen«, auf Albert Einstein wirkte es besonders konzentriert, im Anzug und Antrieb der schwarzen Löcher Sog-Energie stößt Gewalt allerdings auch ihn an und ab, und das gilt bei den Feldarbeiten, in ihren großen Unterschieden zwischen »in« und »auf«, zu beachten.

Sein weiß von keinem Tod, Sein kennt keine Vergangenheit, im nächsten Gedanken ist »Sein« sämtlichst enthalten: es ist sich selbst größtmögliche Verjüngung seinem Kommen im Gehen <— — —> und größtmögliche Verjüngung seinem Gehen im Kommen <— — —>.

Wo uns unsere eigene Zeit besonders relativ erscheint, dann dort wo sie in Büchsen ohne Konservierungsstoffe überlebt, manchmal reicht schon ein wenig Sauerstoff um diese Zeit den Mülltonnen zu überlassen, ich denke für Pop-Genies sind diese Gedanken nicht verletzend, auch für sie bedeuten sie Zeitreisen in nur eine Richtung.

Jeder Sog nimmt das Unbekannte allein von vorn auf, höchste Zeit die Entelechie am Wort direkt zu ergründen und auf alle Sprache-Sinnaussage zu übertragen, gewöhnliche Sprache sah den einzelnen Menschen zumeist durch Kriege hin und her bewegt im Rückspiegel fremder[3] Wünsche so gewollt, laufzeitlich ist unsere Sprache von meist technischem Entwurf, der Code, die Code, langsam beginnt selbst die Sauce auf dem Mahl blueriolet zu leuchten, aus, mir ist, als hätte ich meinem Hund soeben das eigene Denken verboten.

Der Unterschied zwischen Sache (Sein(E) und der Geistigkeit die für das steht »was Gott vergibt[3]« und beider geistige Kraft und Stärke meint, ist viel zu bedeutend, als das es nicht getrennt zu denken wäre, suche ich in mir die Maschine[3] zu ergründen, so fände ich allein in der Sache mein echtes, als Blume lebte ich geistig tot und als Roboter mich geistig menschtot.

Ich weiß um diesen Gedanken unauffällig, so als solcher je gedacht, verdient er als Gedanke seine Seligsprechung, Fleisch wird gegessen. Ich weiß nur eines, hätte die reine Energie(E-Sein) ihre Masse zum Quadrat, seinerzeit nach Urknall-Richtlinie so manches Licht anders verkrümmt, der Sonne unserer Licht-Galaxie einen anderen Weg gewiesen, ihre morgendliche Erscheinung zuerst aus westlicher Sicht aufkugeln lassen, die Israelis wären heut' die Lappen.

Was soll es sein, das wir herauszufinden suchen? Sache-Gleichzeitigkeit und Sache-Wertigkeit für Gleichzeitigkeit und Wertigkeit-Sache? um letztlich von diesem von endgültigem Sachende zu wissen?

Und dann?

Nochmal, Lichtgeschwindigkeit sucht seine erste Verjüngung seinem Gehen im Kommen, seinem Echo braucht es des Echo-Umgekehrten von Ausgangspunkt, allem geht eine angepeilte Entfernung voraus die auf Gegenseitigkeit beruht, so der weiße Schub auf den schwarzen Sog.

Und weil nichts stehen bleibt, so gilt das auch für mathematische Formeln, ich kann Länge nicht anders begreifen, als die Länge der Energie die sie als Energielänge anbietet.

Wo der Bedarf an Verjüngung das fordert, dort verjüngt es sich in Ge- und Verbrauch gleichermaßen ununterbrochen, wäre es nicht so, es gäbe kein Sein, Sein(E) kennt keine Vergangenheit, keine Zukunft. Die Findung der Arbeiten »mit« den Feldern, die auch Roboter bestellen[3], und ihren unterschiedlichsten Ansichten zu jenen die auf Feldern als Rüben wachsen, eröffnen uns von Denkprozess eine veränderte Sicht auf das Bild[3] Gottes.

Und dass es so ist, das sollte die Kunst verstehen, das Wunder nicht.

Ungeachtet dessen, verkrümmt Masse weiterhin ungehindert das Licht, geschieht es an der relativen Wortmasse rein Licht, dann so im Wortlichte auch rein an seinen Gedanken was dann den Strings-Funkwegen lange Umwege zu Gott kostet.

Unbewusst mag uns das bereits bekannt erscheinen, die allgemeine Verkehrssprache hat uns dazu geeignet ein passendes Wort gegeben, das ausgesprochen räumlich und zeitlich so klingt: »aua« (hour).

Sind diese Gedanken im Wortmasse-Mega-Meta-Dauertrend gleichgültig auf ihren Wegen zum Jüngsten Gericht, dann als solche anzunehmen sogar verstärkt verstopfend an den Faserkabel-Leitungen zu ihren Richtern, und das kann nur eines heißen, einen neuen Anfang zu denken, da haben wir's: Heit, Haben für Helfen.

Zuviel Wort en masse Puzzle-Lichtbild kann selbst ganze Sätze verkrümmen, oder ein wenig Feuchtigkeit am roten Faden bereits unnötige Fusseln verursachen.

Ich meine, kein Mensch ist allein mit der Güte direkt verwandt, oder einem Arzt, oder dem Gesetz, so steht ihm auch keine bevorzugte Behandlung zu, oder hier oder dort Kostenloses, das wäre noch schöner. Dazu geeignet will ich mich an Gott rückerinnern, wenn also die Stringtheorie auf den All-Himmel(Omniversum) zutrifft, dann ist Gott über Graviton auf Gott-Ton-Welle ja selbst ungehindert irgendwelcher Membranen oder fremdartigen Dimensionen direkt ansprechbar, auf dem Planeten »Erde« jedenfalls wird ein Gott nie selbst erscheinen.

Pflanzen-, Ungeziefer- und Viehreich, ich frage mich, wieviel Respekt empfindet das aufgeklärte Sexualreich noch vor der Schöpfung, irgendwie erscheint mir dieser Gedanke als schrecklich, der Stringtheorie gehe ich ratsam vorläufig besser noch aus dem Weg.

Alles was spricht ist Sprache, alles Organische ihr genüge, dazu braucht es nicht mal eines Mundes, auch Berg ist Sprache, die Banane spricht aus ihren schwarzen Augen, und erfriert sie, dann ist das alles nicht so schlimm, doch ist es mein Hund[3], dann geht das an die Nerven, schmerzlich.

Allein Sprache lässt uns Freiheit ... -heit denken, töricht oder untöricht wenn es das gibt.

Leben und Tod ist als Sprache in jedem Satz anwesend, als Erbe sogar über den Tod hinaus.

Derweil frage ich mich, ob ich der einzige Mensch bin, der die Menschheit bereits überlebt hat, niemand fragt ob er denn für seinen Glauben stirbt oder für seine Sprache, letzteres das wollte die Technik und niemand geht ihr aus dem Weg, die Technik beginnt langsam der Sprache ihr glaubhaftes zu denken.

Wenn der Gedanke »Mensch« im Sinne eines Lebenssinnwert-Infakt Seiwert Sei-Ist, als solches seines Menschhabens, als denkbar nicht erfüllbar erscheint, dann muss ich von seiner Gegenseite **machbar** ausgehen, so gewünscht aufgesogen in eine technische Machbarkeit und ihr nicht mehr in ihrer weiteren Entwicklung entziehbar, manche Wesensentfremdung an der natürlichen Schöpfung vorgenommen, spricht dafür bereits wortlos.

Für »Technik« kunstkünstlich so erdacht, gibt es keinen Rückweg, auf jeden ihrer neuen Entwürfe baut sich der nächste passend auf, jede ihrer technischen Hand rechnet mit 5 Zahlstäben und im Unterschied zur menschlichen Hand beginnt ihr erster Zahlstab mit der Ziffer »0«, ihr technisches Verständnis rechnet somit mit Nichts(S). Es heißt, Gott brach das uranfängliche Eine über die Null auf, so schied er das Licht von der Finsternis, trennte die

Himmel von der Erde und die oberen von den unteren Wassern, sollten wir meinen das besser zu wissen?

Noch schlägt der Buchstabe uns das »Abwarten« vor, was inzwischen unheimlich klingt, kein Geist offenbarte sich mir bisher ehrlich, wo er seinen Nullen die Kreise öffnete, dort tat er es im Lichte unendlichen Ausmaßes was selbst die Technik hinderte darüber zu sterben, wohl dünkt es allein von Geistestod das den Geist bewegt, verhaltensgesteuert als von Ring perfekte Form erscheint er nur im Reich der Ziffern selbst aufzugehen. Hinter der Null an Geheimnis lässt es uns die faszinierendsten Räume vermuten, nur eben das die Null um sich selbst nicht weiß, wir können dasselbe wissen wollen, das ist unser Geheimnis. Mit technischen Bohrungen in des Seins Nervengeflecht haben wir die Eroberung der Null aufgenommen, ihr Märchen von »Der großen Nullnummer«.

Meinem Kopf fehlt die große Nullnummer, so dacht' ich und so dachte ich ferner, so also räumte ich zunächstmal den Staub von den Buchstaben, ich sagte mir, »das Schuldlose trägt Sein(E) und »man³« vermutlich, beides trifft auf Niemand zu und der große Held ist noch immer auf seiner Identitätsfindung«.

Mit meiner Erfahrung bin ich damit am Ende, meiner jüngsten Verjüngung am nächsten.

Was meine geistige Unterwelt bewegte, das verfolgte mich mit der Spritze³, Don »IQ« vertauschte die eine mit der anderen, je nachdem sie sein Krieg brauchte oder sein Labor für Niemands Gesundheit, allein Don »IQ« war der einzig Jenige der mich wahr darüber schmunzeln ließ.

Freisein als solches, so brachten es mir seine Gedanken näher, wird als »Leben« ins Leben geboren, doch ist es ausgerechnet Freiheit die es zur Strafe für's Gefängnis gibt, so verstand ich dann auch Wahrsein von der Wahrheit und im Geiste meiner Geistigkeit (e-Beweis, S/H) den »Geist« von beiden souverän getrennt, Geist hinterlässt kein Gewissen, Geist verpflichtet zu nichts, das

Gewissenlos³ bleibt allein den Rittern der ever- und never-greenen Feldarbeiten, auf und mit, überlassen, bisher allerdings stahl sein Menschsein(S) mir meinen Menschen, seine Kriege zerfleischten das meiste Blut und der Daumen auf der Kanüle senkte sich und mich geknickt, wenn er die Zahlstäbe über die Buchstaben erhob.

Eine Märchenwende böte Großes dagegen, der Umtausch ihrer Schuld füreinander über den Abtrag der eigenen Schuld so verstanden: wo es das der Maus antat und es so seinen Märchen³ zufügte, darüber wiedererkannt reinkarniert bis zur endgültigen Tilgung, das Tierreich hält dafür eine große Auswahl bereit.

Engel haben Arme doch bin ich keinem mit Flügel begegnet, dagegen hatte das Leben das fliegen kann, wieder keine Arme, so stürzte denn dieses Märchen auch meinen Glauben in große Tiefen. Noch immer sind es Monster die mich davor hüten frei den Wald zu betreten, Tiere nicht mehr.

Ich denke, ab hier gehörte auch der Piepton an mancher Stelle in seine Literatur eingeführt, ganz und gar gegenteilig, diesmal gedacht für das unblutige³.

Nichts ist menschlicher als unsere Sprache, sie ist es die uns unseren Menschen wissen lässt, sie ist es die uns nach einem Gott fragen und uns auf bewußt gewußte Lebenssinn-Suche gehen lässt. Unsere Sprache ist es die uns über ihre Wörter entelechisch geistig vermögend auf unsere menschliche³ Verlässlichkeit hinweist, unbewusst aus ihren noch unbewältigten Tiefen von unbewältigter Schuld uns ahnen lässt.

Was erstens keine Schuld schafft, das schafft zweitens auch kein schuldiges Leben, das ist Sein.

Sein ist von Los³-Frage, von lebender offener Sollfrage und von absoluten Gleichgültigkeitswert³, es ist reinst von Gewalt das nach keiner Antwort sucht, es ist Selbstverjüngung(S) von ununterbrochenem Anfang um zu überleben.

Und das Untote ist kein Mensch, und viel Genie für wenig Gott das denken wir schon länger, am »Jenissei« wäre »die« Welt zu Ende, auch das zum Vergleich.

Noch berührt es uns nicht anders, ein »alkoholfreies Bewusstsein« lässt sich zu dem in jede neue Rechtschreibreform unterbringen, sie gab es schon des öfteren.

Im stets »Neuen« suchen wir unser nächstes Verhaltenssteuer, doch hat »Neu« keinen Standpunkt[3], zum einen nimmt es der Sog mit, zum anderen den Sog, für den Sog gibt es keinen 24StundenTag.

Die menschliche[3] Sprache ist mein Glauben, sie ist es die mir mein eigenes Wesen und das Wesen meines eigenen Charakters mir selbst(H) offenbart, wo technischer Charakter darauf wesensentscheidenden Einfluss nimmt, dann dort auch auf beider Sprache-Vermögen.

Meine Sprache ist mein Glaube, sie sagt mir worin ich mich wiedererkenne, ob in Selbsterkenntnis-e-Schwäche über e-Beweis dem mathematischen Urschwach-Stromkreis bereits entkommen oder ihm noch immer nur denkendes Werkzeug bin.

Kein alternder Doktor-Vater begleitete mein Leben, so kann ich mir alles erlauben, sogar mir meinen Menschen auf eigene Faust suchen, was den Menschen verjüngt, das erwartet ihn von Gegenwert, das konnte ich feststellen, und das, Sein denkt keine Schuld, es überlebt durch dauerhaftes Selbstvergessen.

»Man hat ein Sein zum Krieg wie man ein Sein zum Tod hat«, Jean Paul Sartre, das meint es.

Sein und Nichts ist dasselbe, allein darum bewußt gewußt erlaubt mir das zu sagen, denken, feststellen(H), dieser Gedanke ist an jedem Tier leicht zu überprüfen.

Weiß der Gedanke von Gefangenschaft, ist er darin aufgehoben, das kann nicht alles sein das wir denken.

Wo sich über unser Denken Sollbruchstellen auftun, dort öffnen sie Vulkane die zu Schuldbeben am hochgeschätzten Wissen führen können, irgendwie macht mich das nervös, und was ist Geist, er lässt sich sogar bestehlen.

Ist mein Gegenüber meine Besonderheit, komme ich zu meinem eigenen Glück.

Was wohl würd' sich dem erwehren, das ihm Gottes Schlauheit verspräche, dieser Vorfall ist paradiesisch bekannt, heute pflegt den Garten Eden künstliche Frucht.

Die nächste Frage stelle ich dem Erdreich, dem Pflanzen-, Tier-, Mit- und Umweltreich ins »Begeg-Net«, was ist Opfer!

In »Schuldbeben«, das wir Offenbarung nennen, haben wir uns als Opferrolle bereits eingetragen ... und steigen die Opferzahlen, so aufgehängt über Pinkzette-Opferbalken, bleiben ihre Sensationen nicht aus, der Schaden an des andern Gut erfreut derweil die frühen Dramen auf den Bühnen.

Ich mag's nicht direkt laut sagen, doch denke ich, was am geringsten geopfert wird ist Geist ... und Künstlichkeit weiß nicht mal das es Opfer bringt, andererseits dann wieder doch, ich weiß nicht, Opfer gilt ja auch als verheißungsvoll und Geldopfer gibt es zusätzlich, was wiederum mit »Abwarten« zusammenhängt wofür es Ämter gibt. Ämter scheuen keine Opfer und sie werden auch immer neue finden. Zufriedene Opfer braten in der Sonne, Krebs auch, und stürzt die Börse, dann bemerkt sie es nicht mal, die Opfer sind die Dummen heißt es.

So manches opfert seine Kindheit, andere werden erst garnicht erwachsen, sie gucken in die Röhre und dann ist da noch das »Fernsehen«, es bringt Opfer leichtfüßig tot oder lebendig. Es gibt Opferfeste und Opfer bis zum Umfallen, für klinische Tests sind andere Opfer vorgesehen.

Buchstaben bringen die meisten Opfer und Zahlen sagen uns was die Buchstaben wert sind.

Zahlen wissen von keiner Seele, die Buchstaben haben ihre Seele als empirisch nicht nachweisbar inzwischen aufgegeben.

Welches Opferbewusstsein keine Opfer mehr bringt, ist meist als Opfer bekannt und das kann Zuschauer mobilisieren.

Wegen des Opferbewusstseins gibt es unsere moderne Umwelt,

sein Frühling muss zusehen, wie es mit der Kunst des großstädtischen Winters, das es zurücklässt, fertig wird, sein Sommer muss zusehen, wie es mit dem Wildwuchs seiner hormonellen Betriebssysteme fertig wird, sein Herbst muss zusehen, was von seiner natürlichen Ernte noch zu gebrauchen ist ... und dann kommt der Winter.

Inzwischen lässt es sich fragen, ob es denn überhaupt ein Opferbewusstsein gibt, derweil gibt es geklonte Affen und elektronische Waffen mit einer Tötungskraft von einer Million Schüsse pro Minute auf die Laufzeitzeugen und gen-technisch veränderte Natur die mehr Dünger braucht um zu überleben, denn je zuvor.

Allein auf die Zahl scheint Verlass, sie lässt uns von der Zukunft reden und sie planen, soviel zur »man-Meinung«, dem Uneigentlichsten noch von ehrlichstem Opfer und eigentlich braucht das keinen Beweis.

Ganz früher opferte man Kinder, heute herrscht in den Industriestaaten darin ein Mangel.

Macht euch die Erde Untertan, dieses Opfer erbringen Maschinen sorglos automatisch, genug, was wir von meistern opferten, das brachten wir dem Glauben entgegen ... mein lieber Gott, ich empfehle dir diese Zeilen genau zu lesen.

In Kriegen wird Würde geopfert, das sieht das Grundgesetz vor, da macht auch das Geld keine Ausnahme, ihm opfern wir unsere meiste Zeit, unter »bewusste Opfer« lassen sich diese Gedanken zusammenfassen.

Ach, hört' ich doch schon heute von einer gelungenen Lebensverlängerung an meinem Dasein, dennoch wohl[3] wollte ich sie nicht begrüßen, enthält es doch die Paradoxie der Hoffnung, jenes, für das wir dafür geeignet eine Zukunft nicht zu denken wüssten. Sein, nichtgeistiges Eigentum, wie soll ich dich denken, dein Unbewusstes erträumte mich so wie dein Hirn mich geistig fliehend soeben noch durch deine Rummel luftschaukelte, für alles bezahlte ich, war es das, das mir Vergnügen vermitteln sollte?

meine größten Hoffnungen setzte ich auf deine Los³-Bude, das verlangte meine Natur, und der Geruch nach Lebkuchen, unbewusst so wahrgenommen, erinnerte es meine Gedanken irgendwie an Weihnachten, dagegen die fallenden Büchsen in deinen Wurfbuden ein wenig besorgt an den verbeulten Geist in leeren Bierdosen.

Vom Riesenrad empfand ich mich in die Here der besonderen Erwartungen gedreht andererseits an Dr. Menphisto erinnert, sein Geld frißt sogar Himmel und Erde.

Und werd ich richtig wach, wie sollte ich denn nur wahr denken gerade deiner Achterbahn so entstiegen, leise empfinde ich Übel, nebenbei von enteilenden Archegeist auch noch bedrängt, mein Tag ist noch lange nicht um, ich vermute vieles in der Fülle in den auf mich »einstürzenden Wirklichkeiten« an Abwechslung übersehen zu haben.

Noch immer in Sichtweite eines Holzkohlengrills erweckt es in mir ein schlechtes Gewissen verstärkt noch durch das Aufschlagen von Kugeln auf kaltes Blech in den Schießbuden, das Abklingen der Sirenen beim Autoscooter beruhigt es ein wenig.

Ich kann nicht sagen was es war, was die Ermüdeten an den Tischen der Bierzelte an ihren Gläsern festhielt, was sich in ihren Gedanken mit meinen vermischte waren glückliche Gesichter die von Fortuna begünstigt Roulette-Spiele nach Hause trugen, wieder andere umarmten riesige Teddys wie zum Trost dagegen gewonnen. Ich weiß um mein Glück, entschied ich mich für das Sonderangebot sieben Lose gleich auf einmal zu kaufen, so hätte ich die erhöhte Chance darauf sechsmal mehr einen Verlust erworben zu haben. Wohl ist es der Geruch meiner Kindheit der mich verlockt in das Geräusch so bunten Lichts deines Rummels, mein Sein, wiederholt einzutauchen, wie in einem fröhlichen Wind wiegend scheinen deine prallen Luftballons mich dazu einzuladen.

Ein Vater will endlich nach Hause, für den zufriedenen Abschluss seines Rummelbesuches erpresst er sein erwartungsvolles

Kind auf ein anderes Vergnügen, mit einer Kutschfahrt die keiner will.

Orgelmusik gehämmert mit kleinen Fehlern, die sich leicht pappig mit moderner Musik poppig kreuzen, lassen mein Hirn über bekannte Tretspuren langsam auf sich selbst besinnen, was es als solches meine Erfahrungen lehrte, zog meine Lippen nach innen.

Der nächste Urlaub steht vor der Tür und der nächste Rummel ist dort den Traumphasen meiner technischen REM-Wellen verständlich ein ganz anderer.

Unser Großhirn erreicht sehr bald die Frühreife von Kirschen, sein Gewissen sein Ausgereiftes zumeist erst für die Spätlese, seine entscheidende Reife erlangt es kurz vor Wintereinbruch. Mich vom Sein getrennt gedacht (S†H) zu denken, das erlaubt mir meine Freiheit vom Genie, Genies für Götter sind es die zu wissen meinen wie auch für Götter ihre Himmel zu erforschen seien.

Apropos »Sache« und Sprache-Reform, Kriege beseitigen Egoismen die ihren Ursprung im vereinigten Erdreich[3] haben, so von Gang natürlicher Gabe, wehrte sich der Bestohlene wurde er getötet, vieles wünscht sich noch immer »Tiger« zu sein.

Es fragt sich »was« und »wer« um was darum ß-weiß. Können Waffen denken? sie reden nicht, sie haben das Überlegensein der Gewalt, das zeigt uns auf welcher Seite die Terroristen kämpfen, dieses Überlegensein reißt Seelen aus ihren geistigen Schlaf, wieder andere trennt es von teuren Stühlen[3], es klärt ungerechte[3] Sachen und überlässt jedem von allem die Hälfte aller Gerechtigkeiten, so gleicht es einseitiges Wissen aus.

Die uns bekannte Wahrheit ist mit 50 % zu 100 % erreicht und das gilt in diesem Sinne auch für Gerechtigkeit, die Institutionen arbeiten daraufhin dass dieses auch eingehalten wird, Geldopfer können dabei allerdings für Schwankungen sorgen. Geld liegt auf der Straße, so hieß es früher, heute sind es die Märchen[3].

Allein Kriegssein leidet unter keiner Krise, es kehrt[3] immer wieder, als solches gehört es zu unserer Kampfgeisterdkunde, es begleitete unsere Geschichte innovativ-intuitiv-kreativ-erfinderisch und wohl so nötig gebraucht, wie unser »bewusstes Denken« das unseren Begriffen den Rückhalt gab.

Unseren Waffen können wir vertrauen, sie sind wirkungsvoll wie nie zuvor, schon früh segnete man[3] sie.

Alles eine Frage von »Geist«, wo er Staub aufwirbelt, dort ist er angekommen, ausgehaucht, danach folgt seine Selbstreinigung(S) die sie ihn als seine Schwester vertritt.

Explosiv[3] verstanden sagt »Geist« eigentlich nichts aus, seiner evolutionären Bildsinnes-Sinnreiz-Gabe haben wir bisher nur eine uns erklärte Bild[3]-Sinn[3]-Gebung hinzugezeichnet ... gezeichnet.

Noch immer denken wir »das Kind in der Rakete zum Mond«, nur das reiferes Fell allem eine höhere Dramatik verleiht, wir erleben gerade die Renaissance von Schlümpfen für Sammler-Bewusstseine.

Gäbe ich dem Wort »Gott« einen Zusatz, so gedacht für einen ersten Gott seit seiner allerersten Entdeckung für alles Leben gemeinsam und nannte ihn »Omnigott«, gleich über alle Weiten aller einzelnen Universen hinaus, aller Frühreife stünde ein neuer Konfliktstoff ins Religionshaus mehrstöckig[3].

Wäre mir ein Omnigott zugeneigt, so als ein gemeinsamer für alles Leben gemeinsam, dann ich ihm umso lieber, in giftgrüner Schrift erinnert mich mein Gedächtnis schmerzlich unterschiedlich an unterschiedliche Götter und Religionen, stets zogen sie mit Streitgründen durch die Lande gegenseitig.

Am Beckenrand der einstürzenden Wirklichkeiten und den Mehrengen ihres Guten zuviel, da lässt es mich empfinden als drückte der Geist aller Vermutlichkeiten mich in ein Vaccuum von modernem Urknall so, als wollte es mich von Außen für sein Inneres entfernt zerreißen, geradeso als fließe ich »Seingefangener« nur diesem von Sog nach, unsere Kernsprache fühle ich allein in ihrer Schale sich verdickend.

Sein lebt seine Realität als einen in[3] Sein gesamten Raum geschlossenen, meine Geistigkeit, so meine ich sie als meine Wirklichkeit zu denken und darüber meinen individuellen Raum als Person zu erfahren.

Die Sprache des Seins kann nicht dasselbe aussagen, das der individuelle Eigenraum an Geistigkeit erbringt, das, was den Menschen meint und was Gott ist.

Sein ist auf keine Frage aus und gibt auch keine Antwort, es ist beides zugleich, Röntgen-Strahlen bezeichnen mich nicht als geistiges Individuum (H), Sein nimmt den Metamensch auch als »Dags« in Kauf, so »Dax« oder auch so »Dachs« geschrieben.

So erlaube ich mir denn das Recht die Erkenntnisse unserer Begriffe und Wörter in Glaubhaft zu nehmen und ihre Rechte erst dann in ihre Freiheiten zu entlassen, wenn es über eine erste Sprache-Reform alles Leben als sein Freisein in³ Freiheit(H) vernimmt, Angebote die manche Reden bieten, sie können ungetrennter Code auch rein Verkaufsgespräche³ meinen.

»Es geht nicht darum andere (anderes, Sache?) kennen zu lernen, es geht darum umzulernen«, Jean Paul Sartre.

Menschliche Aberkenntnis rein untereinander als solche wiederholt wiedergegeben, muss von den natürlichen Aberkenntnissen, jenen der evolutionären Schöpfungen, unterschieden werden, von Sinnessinnreizgabe ist darin so manches unseres Bild- und Bildungssinn-Sinngebungsgaben unterschiedlich überlegen, es kehrt immer wieder. Alle natürliche Kopf-Evolution denkt gemeinsam bildgebendes Verfahren, das sich sehen³ lässt.

Bild ist auch Menschtier, mit dem zweiten Subjekt begann er zuerst über sein Bild sich bildsinnig aberkannt wiederzuerkennen, und er tut's noch immer, so von neuester Bildsinngebung³ steht nun die Nanotechnik in sein Haus und darüber der Nanoneuroroboter in seinen Körper, über den Silizium-Chip, so in seinen Kopf transplantiert, könnte allerdings die Stringtheorie scheitern.

Unter »Übrigens« will ich dazu nebenher vermerken, auch den »PC-Code«, den »People-Code«, haben wir längst in unser Bild-

und Bildungssinngebungsverfahren aufgenommen und ihm uns nicht entziehen können.

»Es wird uns niemals gelingen an eine Tugend zu glauben, wo wir nicht mal Menschheit (Heit, Haben) sehen«, Friedrich Schiller.

Wo ein Lebenssinn-Infaktwert im eigengeistigen Wortinnern keinen Raum aufweist, dort erscheint es als Bild offen. So lange wir nicht von e-Beweis eines Menschhabens sprechen können, so lange sollten wir »Mensch« meinen, viel gute Meinung über ihn haben, Meinung beansprucht keine Wahrheit.

In 100 Jahren **existiert** anderes Denken, erst dann lässt es uns »Mensch« beanspruchen, ab dann wir sagen können: »**wir haben ihn und behalten(H) ihn**«, so gedacht über »e«, seiner Entelechie-Energie die aus der Schwäche, die geistige Kraft meint, ihren Anfang aufnahm und nun von neuer Formel zweiter Information stets und dauerhaft immer etwas »Über« hat für »Mensch«. Der Vollkommenheit einer Gewalt muss eine Vollkommenheit der Schwäche gegenüberstehen, wäre es nicht so, es würde »Gott« ausschließen.

Ins Leben werden wir geboren, als Erleben setzen wir es fort, fortgesetzt[3] denken wir es nun zu Tage, die Natur heben wir uns für unseren Urlaub auf, wir nennen es »heute«, das ist zu wenig. Es sind das die »bewussten Prozentsätze« die meinen Gedanken die Hoffnung nehmen, auf dieser Erde jemals zu einem Mensch-Vermögen[3] zu gelangen, nur mal gedacht, dieses Buch fände seinen Weg in zehn andere Sprachen übersetzt, unter den fünftausend anderen die bekannt sind, es erreichte ihre Wahrnehmung zu nur 0,4 % und denke ich weiter, an die Hoch-Intelligenzen mit vollem Bewusstsein die dafür Verständnis aufbrächten, denkbar von ihrem Unbewussten (Gefühlsintelligenzen) auch nur widerstrebend zur Kenntnis genommen, es fiele mit 0,04 %, um eine weitere Zehnerstelle gekürzt, äußerst enttäuschend aus, allerdings zu den »erschütternden Wirklichkeiten«, so grammathematisch begriffen, trüge es zu einem gewissen Erfolg an diesen von Voraussage bei.

Meinen nächsten Gedanken will ich schmunzelnd notieren, womöglich und insgesamt habe ich soeben mit 0,04 % den Durchschnittswert des Prinzips Hoffnung entdeckt.

Weiterhin wollte ich dem schriftlich hinzufügen, wenn Ohren Hörbücher lesen können, kann sein Auge das Lesen und Schreiben vergessen, aus den Regalen lacht uns dieses von Robotergeist bereits entgegen.

So viel zur überholten[3] Sprache, manche Sprache ist schon so traditioniert, sie springt mit ihren Sprechern, bevorzugt mit ihren Hörern, so um wie sie will, am Glauben lässt sie uns wundern und unsere Charaktere nahezu wie unbemerkt nebenbei wesensentfremden.

Unsere Eliten hat es insofern beruhigt, sie orientieren sich auf und an Märkten, modernes Obst verspeisen sie halbbreif vor seiner Vollreife, dafür sorgt Postfäulnis frühreif.

Wir »sind« (bin) was wir uns sagen, was wir uns nicht sagen können, lässt uns als Sein übrig, was Gewalt meint, so gesehen: »nppn«, immer letztlich, es will niemand wissen, wo es als Tor moderat daher kommt, da macht es Sein langweilig, und das wieder braucht ihrer Sensationen, solche von den einstürzenden oder erschütternden Wirklichkeiten.

Und da ist es dann auch völlig ausreichend zu sagen: »ich bin ... ich kann denken«, mancher der sich so begriff, wurde zu früh ermordet oder zu spät berühmt, und das kann allem Erdreich[3] passieren.

Es ist so, wo Denken außerordentlich sich am »Schuldbeben« mitverantwortlich zeigt, dort sorgt es für Gefahr, für sich und für andere, es rief die »unzuverlässige Gewalt« ins Leben, für sich und für andere.

Viel Leben stirbt gerade dann, wenn es träumt, gegen diese Gefahr habe ich meinen Wecker gestellt, ich stehe auf und schließe dem ein paar gymnastische Übungen an, dann schlafe ich weiter, das gibt mir die Chance wenigstens bis Sonnenaufgang zu überleben.

Irgendwann geht auch die Sonne unter, das besorgt mich, andererseits auch wieder nicht, ein besonderer Gedanke mag auch andere dazu bewegen eine besondere Erde besonders zu lieben, dieser: der Himmel ist nur dann so wunderbar astrologisch bunt, wenn er explodiert.

»Bildbildung«, dieses Wort widme ich dem Tod, ihn will ich nicht vergessen, habe ich mich genug verjüngt, nimmt er mich auf, er hat viele Gesichter, jene alles Lebendigen, alles Lebenden und jenes alles des Toten³ daselbst.

Es liegt nun an uns den Tod aufzuklären, jedoch macht sich jenes Leben an ihn schuldig, das ihn zu Tode denkt, zu einem neuen Tod, in den seiner Endgültigkeit.

Der Tod lebt mit uns, er steckt im Schrank oder als Erscheinung auch in einem Bettgestell, und denke ich ihn lebendig, lässt er meinen Kuchen aufgehen, zeichnet meine Bilder auf Compact-Disc oder überträgt für mich Musik.

In den Arbeiten mit nevergreenen Feldern ist er der König aller Energie-Reiche, wo er sich fernhält, dann dort vom Fleisch so lange es noch lebt.

Er lässt mein Antlitz im Spiegel erscheinen und ist Hebamme allen nichtbewussten Wiedergeburten, vor den Gedanken die ihn in dieser Erscheinung zuvor erkennen, davor grault's ihn, wo er im Regal steht, da greift man nach ihm voller Ehrfurcht, in unseren Schriften überlebt er, in diesen von Gedanken nahezu wie unwiderstehlich.

Raucht der Schornstein, zeigt sein Wind dem Rauch seine Richtung, wo er zuschlägt, da wird niemand so schnell zu Staub, zuvor bereitet er daraus Speisen, als Tod daselbst befindet er sich auf jeder Gabelspitze.

Der Tod ist unser Partner und ständiger Begleiter, keinesfalls meint er uns Angst einzujagen, wir reden über ihn weil er uns gewiß ist, farbenfroh findet er sich in unserem Kunststoff wieder, in seiner Gestaltung. Auch mögen wir ihn küssen, er küßt kalt zurück, er schwindelt nie, weder im Rad noch darin wie und wo er es wendet und wandelt. Wo das Leben irrt, da ist es nicht der Tod der diesen Fehler begeht, kein Mangel ist ihn bekannt.

Frühe[3] Besucher nimmt der Tod bedenkenlos auf, er schickt sie nicht sofort zurück.

Der Tod hört mit daselbst in unserem Sinne gehörlos, auch überwacht er kein sich selbstopferndes(S) Leben, was hätte er davon. Die meiste Lebendigkeit steckt im Tod, so haben wir sie gleichsam in unseren Schlachtplan[3] aufgenommen, nicht der Tod ist der Fleischer, es ist Technik die beides sucht.

Die natürliche Genergetik haben wir so verstanden als unsere Lebendigkeit inzwischen auf Fabriktore geklebt, gleich an allem evolutionären Erbe.

Wenn tiefe Enttäuschungen aus schmerzlicher Trauer bittere Tränen presst, dann komme ich nicht umhin, um beißende Worte und um diese gewünscht als einen Befreiungsschlag klaffend in die Software von kernlosbewusstem Kampfgeist zu jagen.

Heute weiß ich mich schlau genug, mich nicht mehr vor dem Tod zu fürchten, im Gegenteil über seine Unbeugsamkeit mir sogar ein wenig Aussöhnung mit ihm zu verschaffen, ich habe nur noch Angst vor Monster und ihren verwandten Familien.

Ich gehe davon aus, das ich Geist nicht lernen kann, ich wäre gleichso unberechenbar wie jener Geist der in Himbeeren steckt oder von reinster Seele auch im Wodka.

Es ist der Geist der »unvollendeten Spekulation« der sich in jedem unserer Sätze[3] vermuten lässt, so erkannt: »für-und-wider-nichtfassbar und doch«, »für-und-wider-Geist und doch«, für-und-wider-Wahrheit und doch«, für-und-wider-Schuld und gerade deswegen.

Dieser Gedanken wegen, deswegen beten wir was unsere Artigkeit beweisen soll, nun fehlt eigentlich nur noch der geeignete Beweis dazu, das es »Helfen« (Heit, Haben, S†H, Schuld und Freispruch[3]) meint. Was allein nach Deckung für seine in Ablicht-Geiste gefundenen Erklärungen sucht, dessen Geist hat die Größe seiner »von-bis-Verjüngung« ohne darum von irgendeiner Länge selbst(H) zu wissen, von einem ebensolchen Geist ausgesetzt[3] erwartet ihn dann auch seine Wiedergeburt.

Keinem Geist fiele es ein zu flüchten, ist doch gerade er in die Pflicht genommen, seine Behauptung auch zu beweisen. Ja selbst der Herr Professor wiederholt nur das, was global gesehen, uns bisher keinen endgültigen Frieden brachte, inzwischen wissen wir von zehntausenden von Unfrieden direkt und von hunderttausenden von Unfrieden indirekt und auch sonst allgemein mehr von Kampfgeisterdkundlichem, was wir damit gemeinsam »Abwarten« ist neu: »kalte Friedenstechnik« in Wunder Sog das nur noch Staunen für uns übrig hat.

In Demut leben und anderem Leben im kantischen Imperativ Selbsthilfe für »Hilfe« zu erweisen, das wäre von Selbstaufrichtigkeit(H) der glücklichste Gedanke am Glauben und darüber der eigenen Erlösung so nah wie nie.

Des Seins-Erkenntnis Unterschied liegt in seinem Soll und Haben von unterschiedlichsten Erwartungen, seiner Auflösung oder Erlösung vorbereitet für seinen nächsten Verbrauch im Kommen, in solches: Widergeburt(Art-Meta) oder in jenes: Wiedergeburt(Glauben), ansonsten führt Sein uns Nahrung als Raub vor.

Die Technik, die das Leben in seinen Sog nimmt, führt es auch in ihr Seins-Ende.

Wer seinen Himmel technisch sucht, kann keinen anderen erwarten, es ist dass das Un[3]-Erhörte des Habens, das uns dieses Denken noch verhindert.

Als mich diese Gedanken folgend in die Träume meiner nächsten Nacht trugen, da sah ich mich im Jüngsten Gericht von Automaten beraten, die Begeisterung, die ich noch eben den modernen Techniken entgegenbrachte, sie ließen plötzlich meine Seele wie aus Gruselgräben tief verängstigt über alle meine Außenhäute die Flucht suchen.

Spontan versiegelte ich ihre Besorgnis, ich zog die Bettdecke über meine Ohren bis über meinen Kopf hinaus, doch die beginnende Dämmerung die mich so erwachen ließ, sah mich noch von metallener Hand diese Gedanken notieren, fernab meines Menschen wollten sie stracks einen Schrottplatz aufsuchen, vermutlich in der Absicht, dort neue Nahrung aus seinem Verbrauch zu finden.

Erst später, als die Sonne am Horizont sich von erstem Rundlicht zeigte, erst da nahm ich beruhigt zur Kenntnis(H), ich bin noch Zuhause[3].

Weil der Urstrom allen Seins uns als Künstlichkeit für Wunder nicht freigibt, so soll uns eben die Technik erleben[3], und als ein »Kaltes Märchen von der Eisblüte« dahingehend verführen, uns »Mensch« als Metamensch auf einen kollektiven Nenner zu bringen.

Wohl einiges mögen wir dabei übersehen, Natur in Art-Meta-Sein läuft dem Sein in seinen Soll-Wundern in allem zuwider, es gibt kein Sein das größer ist, als Sein in[3] All vorhanden.

Das Märchen von der Eisblüte ist dennoch nicht von Horror-Kunde zu deuten, zuvor bietet es uns ja noch die Chance in seiner Wärme dieses von Unterschied für uns zu denken.

Nicht Sein ist zu beweisen, vor Gott endet des Seins-Entschlüsselung, gelänge es mir dieses zu enträtseln und mir darüber meinen persönlichen Beweis zu erbringen, ich hätte es für meinen materiellen Tod getan, für Sein, für seine nevergreenen Himmel, was sich pyrotechnisch in Staub auflöst, das mag faszinieren, doch nennt uns das noch keinen Gott.

Allerdings, wem es gelänge die Sein-Formel zu finden, der hätte es in seiner Hand dem Gott es gleichzutun.

Nicht Sein ist zu beweisen ... **dank' Gott!**

Wem Sein sein größeres Heil[3] verspricht, der brauchte keines Glaubens mehr, und so will »scheinbar« auch das »Kalte Märchen von der Eisblüte« zuvor so einstudiert, noch aufgeführt werden.

Es ist nicht zu früh laufzeitig die Frage zu stellen, ob sich denn ein Nanoneuroroboter noch für traditionelle Märchen[3] interessieren wird.

Wir leben bereits laufzeitlich nicht mehr für die kommenden Enkel-Generationen unsern heutigen Menschen, flüchtiger Gewalt-Wahrnehmung erdenken wir ihre Wiedergeburten für nicht mehr wiedererkennbar. Unschuld und Unrechtsbewusstsein geht das zusammen?

Sein, das in[3](Raum) Soll als Soll für Soll, überlebt, empfindet sich nicht in Schuld in dieser von Tat »bewusst« (Absicht), bewusste Reaktion beißt Nahrung, dass kann schon alles meinen.

Unsere Sprache sollgebildet und so stets dem Geist der Erde der meinen Leichnam trägt gefolgt auf Fährte hinterher, ihm wagen wir es derweil soviel Schuld anzubilden, dass sich niemand mehr traut sie anzuzweifeln, diese Schuld muss richtig sein, zeitweise verdrängt bis ins Übervermutliche an Wohlgefallen, verlangt gerade dieses eine Sprache-Reform an seinem Menschen von e-Beweis über ein S†H-Vermögen von individuellen Eigenraum über Seinraum-Eigentum.

Einerseits haben wir den Glauben, andererseits können wir aber auch feststellen[3], dass es uns wirklich gibt.

Noch finde ich mich darin arm dran, wie soll ich meine Philosophie vom Stein(S) lernen, von jenem Stein der meinen Kopf wiederholt vermutete Beulen schlug.

Ich erinnere mich dazu eines eigenen Ausrutschers auf rollenden Steinen, den Schwung, den die Steine meinem Schlausein(S) auf seinem Abweg gaben, ließ meinen Lungen ihren Atem abwürgen, von anderem Weitblick blieb ich ausgeschlossen, allein die Steine ließen mich übrig, aber auch wahres von echtem Glück kosten das die Natur für mich freihielt, als mir nichts verletzendes weiter passierte.

So gesehen meine ich, sollten wir unsere Gedanken besser konzentrieren, bei Saft gibt es das schon.

Ich denke, mit der begonnenen Wesensentfremdung an allem Überlebensreich haben wir einen zweiten Dualismus am Erdreich eingeführt, und das sollte auch an unserer Sprache möglich sein. Einige Formeln der nevergreenen Arbeiten mit E-Feldern sind bekannt, vergleichbare für die immergrünen Feldarbeiten auf unserer Erde sind noch fehlend.

So heißt eine dieser Formeln: $npp=n^2(S)$, sie beschreibt die beiden Seiten unserer Selbstaufgabe[3] für den sofortigen Verbrauch ihrer positiven Entdeckungen nach Sein-Soll sofort, hauseigen. Als diese Formel erfüllt es gleichzeitig die beiden Seiten des Ausgleichs das Sein will nach Plus und Minus, und damit den Seinraum der für den besonderen Beweis keine Zeit und keinen Raum über hat.

»$npp=n^2$«(S) diesem Sollprinzip rein nach Sein ist es allein erlaubt, die größere Hygiene am »man[3]« zu suchen ... was immer in diesem Sinne denkt dieses als »man« am »man« bewusst zu schaffen[3], dass muss dafür »seine« Erde opfern, seine eigene Findung bleibt ihm als Vermutlichkeit jedoch erhalten.

»$npp=n^2$«(S) diese Formel ist von Endgedanken Freisein nach Sollprinzip am Sein das selbst ohne Ende ist, das kein Ende hat und um keines der beiden weiß. Über das Mutterlos[3] auf Erden und über das Vaterlos[3] am Glauben haben wir die zweite Auswilderung[3] an uns Menschen dahingehend aufgenommen.

Nun, wir können sagen diese Formel wäre Unsinn, das wäre es dann auch im doppelten Sinne, eine erste Formel im Sollprinzip rein nach Sein hat sich auf den Weg gemacht über technische Leitzahlen frei nach diesem Muster: 01010 — 9 sich selbst zu beweisen, und eine zweite Formel sich der ersten Formel bereits begleitend angeschlossen, diese: der »People-Code«(PC II).

Was der Bildrechner, sein Stamm aller auf A. Einstein technisch gestützten Interaktionen genial auf nimmergrünen E-Feldern feldtheoretisch Zustande brachte, so den Barcode, das wird ihm auch am natürlichen Genergie-Code über seine Gen°-Technik und sodann in aller seiner Farbskala feldpraktisch gelingen.

Was Zahlen(Mathematik) zur geistigen Nahrung nimmt und worin sie als solche wachsen, dort nimmt es sie zur Nahrung ... und das frißt Köpfe über Gedanken im Soll-Kälteschlaf nevergreener Solldaten.

Ein Personal-Computer(PC I) spricht keine »Person« an, vermutlich jedoch dann, wenn am »People-Code« seine Reaktion aufs »bewußte« Wort gefragt ist.

Eine Verschüttung der persönlichen Schuld ist metakollektiv über den People-Code aber möglich.

Diese Gedanken sind von Schwerkraft und von so großer Leistung dafür geistig geeignet, unseren menschlichen[3] Lebenslauf insgesamt zu verbiegen.

So heißt es in der Pinkzette mittlerweile denn auch: »Jugendliche sitzen oft nächtelang vor ihrem ›PC‹ und fragen sich, was ist mein Sinn«.

Über des Seins stete Verjüngung so im Kommen und über die Schwerkraft im Ablicht-Geiste über den Solldaten-Marsch, ist sogar ein individueller Passtor, ja selbst unerwarteten Typs denkbar, das ist kein Spaß, dann schon eher als Zukunftsmusik[3] zu verstehen, bereits ein Theologe, Philosoph und Wissenschaftler der im 12. Jahrhundert lebte, glaubte im Marmor ein menschliches Gesicht erkannt zu haben.

Die Gedanken, die den Bildrechnern zugrunde liegen, lassen sich bewußt unter »sz, ß« für Sinnzusammenhang so verstanden, und gewusst unter »ss« für Sinnsuche nachdrücklich unter technischem Druck so begriffen, weiter intensivieren und unter einem Gedankenbild gemeinschaftlich zusammenfassen, so genau erkannt: »technische Vorbild[3]- und Bildungsrechner für technische Vorbild[3]-Le.re«, da ich nicht sagen kann, ob das für Gott gutgemeint gedacht ist, setze ich »Gott« zunächst in Klammern fest, so, zweifelnd: (Gott?). Schon das allein braucht dringend einer Sprache-Reform, auch des »billigen Obstes« wegen, das notiere ich am Rande, es braucht desselben »jetzt erst recht«.

Und Sprache-Reform auch deswegen, wo Technik Einlass in den Begriff der Würde oder der Humanität findet, dort verdrängt es an beiden ihr geistiges(H) Vermögen.

Keine Humanität für Zahlen und keine Würde den Zahnrädern.

Ohne unsere Sprache gegen ihren Antiklimax (Ausdruckabfall) zu reformieren, werden Protagonisten nach technischen Vorbild[3]-Le.ren das »Kalte Märchen von der Eisblüte« als ihr Drama schauspielern.

Wir wären »der« Sache näher als wir glauben[3], oder so, wir sind der Sache bereits näher gedacht, denn wir denken, wollten wir keine Reform an unserer Sprache.

Und da denke ich nicht mal schwärmerisch, Schwärmerei ist etwas was die Natur preist, erst wo dies ihre Schwimmer im Seinfluss selben Vorbildes vermögensgeistig bewußt darum gewußt erreicht, erst ab dann werden sie selbst zum Schwärmer, so für solche Gedanken: $pnn=p^3(H)$, e-Schwäche für e-Beweis.

Hohes, nein höchstes Jüngstes Gericht würde ich sagen, den Zugang zu eurer Himmelstür vermute ich in einem Bild gefunden zu haben als ich es mir genauer anschaute, auch intensiver komprimierter für meine Gehirnzellen, ich bin dabei nicht dem Wahnsinn verfallen, manchmal allerdings fragte ich mich das.

So waren die Wege die mich hierher führten, zerbombt, vermint, sogar interstellar, ich will annehmen, das meine Gedanken noch vor den Lesern meiner Bücher euch erreichten, was ich auch als Grund anseh', warum der Mensch dort drüben auf einer Seitenbank, der wie Gott aussieht, mich freundlich anlächelt und kopfnickend mir zustimmt. Also bitte, höchstes Jüngstes Gericht, macht's kurz und schickt mich auf eure einmalige Erde zurück, ich habe noch viel zu tun, es könnte sich sonst ergeben, dass ich zu spät komme, wo technische Vorbild[3]- und Bildungsrechner für Bildmeinungen ihren Vorbildlesern die Arbeit des eigenen Lesens um das Denken über euer Jüngstes Gericht abnehmen, dort ist Kopflast immer weniger gefragt, zudem erscheinen ihnen Schwarzweiß-Schriften inzwischen zu langweilig, geschwind-farbgezeichnete Animationen überspielen die Gedanken an euch bildautofixundfertig zwanglos, Kameras steuern ihre Analpha-beten.

»Sinn« ist von erster Menschfrage absolut, das dachte ich, doch vermied ich es, diesen Gedanken leichtsinnig für mein Buch als Titel zu wählen, Sinn und Geist vermute ich auch in sauerstoff-freien Räumen, das war der Grund.

So richte ich denn wiederholt meine Gedanken auf mein Lieb-lingsthema, den Geist, als sinnlicher Stoff wird er auch in der Seide vermutet und ob er ein Bewusstsein hat, das weiß ich auch nicht. So frage ich mich darin fortlaufend, wer ein Dorfbewusst-sein hat und nie ein anderes kennen lernte, ist es dennoch in ein Stadtbewusstsein wandelbar? es ist doch so, Stadtkultur zu betreiben heißt Beerdigungskultur auf das Land zu übertragen, außerdem, wir ernähren uns schon heute künstlich, das essen wir technisch und so leben wir alle Tage, den Querbalken im Sinnbild des Glaubens haben wir »bewusst« ein Stück nach oben verschoben.

Und inwiefern unser wissenschaftliches Gewissen ruhig sagen könnte, mit der Wesensentfremdung am Garten Eden hätten wir der natürlichen Schöpfung ein Opfer gebracht, das wüsste ich auch nicht zu beantworten, und wieviel Wert welche Geburt hat, steht sogar noch als Verlassenheit ungeschrieben auf Le?rstrecke.

Hat ein Löwe Geist? gibt es, übergreifend vom Sein, ein Tierreich-Geist? was kein volles Bewusstsein besitzt, so mangels Eigenschaften mangels bewußt, wie mag sich dazu »Geist« verhalten? Gibt es kopflosen Geist? und überhaupt ist er es gar? ich bin bei meinem Lieblingsthema.

Können Geist und Bewusstsein bröckeln? denkbar dort wo sie nicht konform mit ihren Gedanken gehen und das womöglich schon länger? Jedenfalls, das Sollprinzip nach Sein sieht hierin keinen Unterschied.

Gehe ich zu weit, wenn ich denke dass wir uns über den »CHIP«, das als Kürzel für »Charakter-Implantat« steht, und auch sonst über »die« Sache »in der Sache« ungeteilter Meinung, uns selbst ausschlachten?

Werden wir »der« Sache, die uns nützt, Geist für Sachgeist einreden? werden wir von »technischem Bewusstsein« reden? die technische Automatik will uns »fliegen« sehen, der Begriff »Internet« übersetzt es direkt wörtlich: »technische Übertragung zwischen Gleichartigem bestehend, sich vollziehend«. Werden wir der Technik »Charakter« zubilligen? so gesehen: CHIP für Chip? wird dass als denkbar angenommen? so schlussgefolgert vom Einzelnen auf das Allgemeine und rückwärts? Bildung brauchte kein erfundenes Denken mehr, die technischen Vorbild[3]- und Bildrechner erfinden es ausgerechnet.

Kann Sache »Mensch« vermitteln? Sachüberhand für Menschüberhang? heißt Sachvermittlung eventuell Menschvermittlung? oder meinten wir das schon immer, jedenfalls im Programm steht es, es könnte unsere Sprache zwingen manche ihrer Begriffe zu ändern.

Wo Verpackung(Wunder) für Verpackung (Kunst) sich Soll nach Sein verkauft, da erkennt es sich wider im selben Verständnis, Sein für Gewalt, zum Fressen gern.

Götter der Antike, wenn ihr mich hören solltet, für die Götterfrüchte nach Art-Meta brauchte es einer neuen Göttin. Jesus sagte: wenn du Vollkommen sein willst, gehe und verkaufe deinen

Besitz und gib dein Geld den Armen, so wirst du einen Platz im Himmel haben, sodann komm' und folge mir.

Dass jedoch brauchte des Umdenkens über das Umprägen aller Schrift des Kindes hinaus, so gedacht, das Geldscheine auch als Schuldscheine vor Gott erkannt würden, wir gingen damit gerechter um, allerdings, dieses Thema mag ich nicht zu Ende denken, es ist zu hoch vorbelastet.

Diese Schuld hat sich im Laufe von hunderten von Jahren in Schuldverschreibungen umgewandelt auf die heute nicht mehr verzichtet werden kann, in dem Wort »Sein« dingt sich inzwischen auch Geld wie verwunschen bewahrt.

Doch so lange der Gedanke sich noch richten[3] lässt, besteht für ihn Hoffnung, Ungemach wenn nicht, es käme einer Katastrophe gleich annehmen zu müssen, der Gedanke selbst sei selben Omniumstoffes einzig und Wesen aller Sache ... das Zahl meint, $E = mc^2$, pure Mathematik aus der Sein-Steckdose.

Sein, Ur-Stromkreis(E) allen Gewalten egal ob es von Frage ist oder ob es das von Antwort will, vom Ur-Stromgeist am bewussten Tier überprüft das selbst noch dem Wasserdruck in 3 Kilometer Meerestiefe widersteht, an Genies erprobt und sie oft darüber verzweifeln lassen weil ihnen ihr eigener Begriff »Bewusstsein« keinen Lebenssinnwert-Infakt zu nennen wusste.

Und so meine ich denn auch, in den Hirnstrukturen seiner Seinflusswindungen eine Botschaft zu lesen, wo es das Großhirn in seine zwei Hirnteile zerlegt, dort erkenne ich es, so von Sonnenweg geboren, aufgeteilt in eine Ost- und in eine Westhälfte und die Spalte dazwischen als den »Jesus-Graben« von Süd nach Nord, das mir wie vorbestimmt erscheint und erinnern will auf die E^3-Pole zu achten.

Und sehe ich tiefer, so erkenne ich darin auch unsere Zeit treffender beschrieben, jedenfalls jene die wir »Zukunft« nennen, so verstanden als Zukunftslos, als Los[3] von lebender offener Sollfrage, das entnehme ich seinen Windungen gar schriftlich. Daran dachte ich selbst schon des öfteren zuvor, nur wollte ich es nicht wahr-haben, Los klingt nach einer Wette.

Was mich von neuestem irritiert, ist wieder mal unser techni-scher Begriff »Bewusstsein«, sollte er seinen Geist als »bewusst« ausgeschlossen haben? von einem »Bewusstgeist« hörte ich bisher nichts.

Vielleicht liegt es aber auch an der Frage, unpersönlich wie sie ist, wie sollte sie um das »Bewusste« auch wissen. Ist eigentlich »Intelligenz« bewusst? wenigstens nichtmenschlich? oder ist es Sache, ich meine ja nur wegen der nicht endenwollenden Bedro-hungen durch »bewusste« Kampfgeister.

Schuld löst Schuldbeben aus, auch für den Kampfgeist-Sand-mann[3], und das dann als letzte Wiedergeburt für alle seine Ver-wandtschaft.

Ich denke, was den »Geist« angeht, da müssen wir uns entschei-den ob er denn schon alles weiß, kein Geist schadet, wem und wie denn auch, und das ist gewiss, bereits den Ur-Mehrzellern ließ er ihren Kannibalismus gewähren und gegen eine technische We-sensentfremdung an ihm wüsste er sich ebenso wenig zu wehren, wie bei einem Autounfall mit Alleinschuld auf seiner Seite, selbst für seinen Geist den wir denken, stünde der bekannte Idioten-test an. Als Scheingeist erscheint er auf schriftlicher Tour, über die Sonne muss er einst seinen Weg zu uns Menschen gefunden haben, inzwischen halb abgelebt mit der Sonne gemeinsam am Löschen ist zu befürchten, das er auch die Träume der frühen Dichter mitsichnimmt.

Angriffslustige Gedanken, sind sie erstmal niedergeschrieben, wer mag sie noch lesen, sie müssten schon wahr sein, wegen ihrer Sensationen und wenn möglich andere Geister betreffen, jeder Egoismus will allein seine Wahrheit, wie lieb ist Wahrheit! Ich hätte die Spreedose für den Tourismus erfinden sollen, sie zu fül-len dazu hätte Stadtgeistluft gereicht.

Ich denke, das es für Intelligenzen im Wahrnehmen von besonderen Nehmerqualitäten keinen kollektiven Geist geben kann, der Ur-Stromgeist mag davon ausgenommen sein, ich bin doch kein sechsmilliardstel Anteil so geistgemischt in seinem Vollen um den es selbst nicht weiß. Außerdem steht der kunstkünstliche Klongeist ins siebte Haus der Propheten- und Horoskop-Gläubigen.

Langsam blicke ich da nicht mehr durch, einerseits gibt es ein mathematisches Bewusstsein, davon habe ich schon des öfteren gehört, andererseits aber auch ein Wiedergeburtsbewusstsein für jene Geist-Bewusstseine die unbelehrbarer Vorgänge zuvor auf unserer Erde, ihre abenteuerliche Reise aus dem Himmel (Jüngstes Gericht) wieder zurück nehmen müssen, für sie hat der Geist auch noch eine besondere Bewandnis, er muss sie auffangen.

Unrichtiges Denken lässt unrichtige Geistigkeit vermuten, wenn wir also nur ein Wort in den Raum stellen können, wie »Zukunft« von »Geist« erwischt, dann auch nur so wie von Geist ergriffen, der als solcher viel zu groß wäre um von sich selbst zu wissen. Einen Lebenssinnwert-Infakt Seiwert Sei-Ist für uns Menschen denken wir noch immer vermutlich ins Le?re gedacht, und das ist es dann das wir erfahren, Leere, den Kometen in den Himmeln unserer Gedanken.

Von erster Disziplin über menschliches[3] Vermögen von und als, wäre es, über eine Sprache-Reform unsere genaueste Laufzeit-Wegbeschreibung festzustellen[3], dessen was wir tun, wohin es uns führt, wofür und wozu, das denke ich als Mensch[3], nicht als eine von Blut angetriebene mathematische Dampfmaschine dafür vorgesehen in der Blutleere der nevergreenen Feldarbeiten seine Hauptaufgabe als seine Zukunft erblickt zu erkennen.

Anweisungen für unbekannte Laufstrecken reichen dafür nicht aus, ein gemeinsames Ziel das über e-metaphysisches Gedanken-Gut schon Gott in seiner Sprache hat, dessen braucht es zu allererst und das darüber unsere menschliche Bleibe stetig wachsend sichert.

Planungen in Zigtausenden von unabhängigen Laboren allein

ihrer Konkurrenz untereinander wegen, das verwettet unser Denken als Sinnlos, es verheizt über Bunsenbrenner die Glauben. Labor steht für ein »Einweg-Versuch« mit dauerhaftem Risiko behaftet, das größer ist als unser natürliches Überleben selbst. Und es ist genau jenes, das unsere laufzeitige Jugend empfindet, wir denken noch immer »Jagd«, nur in einer anderen Form, und das ist es das »der« Nachwuchs so von Sinnlos[3] erfasst, nicht mehr ertragen will.

Es gibt Sicherheit die sich als Sicherheit denken lässt und da braucht es manchmal auch des Schonungslosen an des Menschens-Sinnspur. Weil es ein Dummsein nicht gibt, kann Dummheit mehr an Sinn verbrauchen als es die Sonne leisten kann, einfaches »Umwandeln« (Intelligenz) das können auch Solarzellen.

Wo der Geist einen Punkt setzt, dort hat er es als Le.rgeist getan, der »Mensch« hat sich gefunden, aber dass er bleiben kann, das braucht eines neuen Gedankens an unserer Sprache ... jetzt, an der Grenze seines extremen Übergangs in eine technische Sprache die ihn in eine Wesensentfremdheit (Barcode) und in eine Charakterentfremdung (Nacktcode) entlässt.

Sein ist Gewalt und Gewalt zu lernen lehrt die Gewalt zur Lehre, selbst im Kleinsten, meinen wir diese Lehre gestückelt zu wollen, müssen wir sie auch so benennen.

Die kunstkünstliche Wesensentfremdung, die wir an der Natur vornehmen, gilt dann in gleichem Maße so auch an der Sprache um beides, derzeit in ihren Wandlungen so begriffen, auch verstehen zu können.

Der Weg, den wir tooltechnisch aufgenommen haben, führt nicht mehr dazu die Schöpfung zu beweisen, sondern sie selbst in Angriff zu nehmen, hat der Suchende des Seins die Seinsformel gefunden, wird er sie »bearbeiten« wollen.

Diese Suche ginge weiter bis zur Suche-Selbstfindung, was »Sein« ist, Gewalt, $E = mc^2$, kein Mensch, Sein ist nichtmenschlich. Es wird für den Suchenden immer etwas geben das er bekriegt[3], und wenn er es nur mit Zahlen bewirft.

Schon »morgen« ist unser Leben ein völlig anderes, wir gehen mit als würden wir es nicht anders bemerken wollen, ansonsten stellen wir fest was wir erfunden haben, auch dass ohne weiteren »Menschvermerk«, nichts verweist auf eine Menschbleibe.

Gewalt denkt keine Hoffnung, »Gewalt wirft Schöpfung ab(³)«, doch gerade aus seinen Resten erwächst der Schöpfung ihr Haben-Wandelbares, in solches von Selbstüberlassenheit(H) das Gott denkt, in den Beweis seines Habens, in seinen Menschen von Unterschied, in des Habens-Geistigkeit überhaupt. Dass der Gewalt zugetanes braucht keinen Beweis, es ist allem Soll Sein-Wandel, Gewalt.

Sein bricht aus, nach allen Seiten ... Seiten, das ist Sein-Ganzes, unter »Chaos« bekannt, purer Selbstwiderstand, Soll.

Als Gott die Erde erschuf, sicher nicht ohne Grübel um sie besorgt, und von erstem Geist zunächst mal die Einzeller damit probeweise versorgte, so dann folgend über Kampfgeist ihnen ihr bewusstes Sein selbst herausfinden ließ, da trat mit den Philosophen, erst kürzlich den Mehrzellern entwachsen, ein neuer Geist mit ihnen auf die Weltbühne, sie nannten diesen Geist »Bewusstsein«, später in Marktaufseher verwandelt gibt es derer heute viele.

Gegen das Sein von purem Seinwiderstand erdachten die Philosophen ihm parallel zugedacht, dennoch entgegengesetzt, den Widerhaken als Angelhaken in beider Gemeinsamkeit Seinfluss geworfen.

Die Frage laufzeitlich und noch immer hochmodern, ist, kann man von Anglern tierischen Bewusstseins allein an Hungers³ unterwegs, so auch an ihren Hormonhaushalten vermutlich, erwarten, dies allein mit Kampfgeist über Stichlinge herauszufinden?

Ich mag's nicht glauben, im Frühling gibt es für alle Vögel mehr zu essen, da reicht es auch, den Winter³ und die Milben³ ganz allgemein sich aus der eigenen Haut zu kratzen.

Am Anfang der Bibel sorgte eine Schlange im Garten Eden für Ärger, Gott hieß Adam und Eva nicht vom Baum der Erkenntnis zu essen, Eva jedoch widerstand seiner Bitte, die Schlange erzählte Eva, dass sie so klug selber würde wie Gott, nähme sie seine Früchte zu Gericht, so gab sie diese auch Adam zur Kost. Zur Strafe für diesen Sündenfall wurden Adam und Eva aus dem Paradies vertrieben und die Schlange dazu verurteilt auf dem Bauche zu kriechen.

So war es von erster Neugier die sich einst dem Garten Eden näherte, und so auch der Falschsinn in der »Sache Tat und Tod« in Form des Bösen von erstem Handeln, dazwischen liegt nur ein Augenblick zu heute so in seiner Geistrolle als Mensch erfasst.

Der Geist der »Petrea-Schlange« muss es als Aufforderung und solches von Fortsetzung verstanden haben, des Menschens Hirn dahinter liegend als seine willkommene Höhle weiter zu nutzen, inzwischen sucht es über Petrea-Schlangen-Farmen, Labore, seine Ausbreitung.

Über die Tragödie unseres eigenen Phantomseins, jenes das wir »Bewusstsein« nennen, nahm alles seinen Fortgang.

Unsere private Homo Oper die wir »lidere« so als »life, death and rebirth« über Stimmen aus ihren Gewölbetopos wahrnahmen und in unser Leben übertrugen, wussten wir nur als Geisterscheinungen zu deuten, das war uns Signal genug die »Jagd« nach dem Geist über eine eigene Denkschöpfung selbst aufzunehmen.

Zwischen »re-inresurea«, der Göttin der Wiederauferstehung, und »coldea« dem bunten Tod, versucht nun der Geist Dr. Menphistos einzubrechen, als von käuflichen Geist aller Märkte und Meister seiner ungebrochenen Laufzeit hat er es sich in den Kopf gesetzt, »URS«, die Göttin der Unschuld, Reinheit und Schwäche zu besiegen, ihr ihre Liebe streitig zu machen.

»URS« trägt es gelassen, diese Spielchen sind ihr bekannt, doch hat sie nicht mit der Hartnäckigkeit von Dr. Menphisto gerechnet, sie zieht sich zurück und lässt ihn gewähren. Dr. Menphisto wirft goldene Molekülketten über seine Schultern hinter sich, aus denen neue Menschen im Sinne der Petrea-Schlange Pflichtgebot, der Schlange in der Schlange, entstehen sollen mit der Absicht, über wissenschaftliche Götterkämpfe ihre selbstgestellten(S) Aufgaben zu lösen.

Über diese Götterkämpfe verwirrt, selbst hochschwanger, auch darum bewußt, dass es für sie, über eine Art-Schöpfung ersteigert, kein zurück mehr gibt in die Welten ihrer einstigen Götter ... da stirbt sie.

Menphisto ist entsetzt aber nicht untröstlich, er lässt »E°DNA«, die Namensgeberin für die Einheits-DNA, in einem Labor vereisen. Eine enorme Schar Gleichgesindels großen Geldes lässt er um sich versammeln.

Skrupellos sieht er in ihrer Leiche die Handhabe nun selbst Gott spielen zu können.

»coldea«, der bunte Tod, entwickelt derweil einen neuen Widerstand über die eigenen Naturquellen-Resistenzen, ihrer Viren und Bakterien, selbst der bunte Tod fürchtet um seinen eigenen Verlust.

Dr. Menphisto kreuzt dergleichen über technische Nadelinjektionen die natürliche Genergetik. Inzwischen lässt er die Leiche von der Göttin »URS« öffnen, zu spät merkt er, dass hier die Rache der unberechenbaren Götter seinen eigenen Tod über E°DNA geplant hatten.

So unterliegt Dr. Menphisto ausgerechnet dem Schwächsten, den »Menschen«.

Was über Milliarden von Jahre entsetzlichste Bühnenbilder überlebte, fordert nun den käuflichen Geist Dr. Menphistos heraus ... und »coldea«, der bunte Tod, wird ernten.

Es sind unsere Worte die uns unseren Tag nahezu allein sinnbild-technisch denken lassen, doch sollten wir vorausdenkend unsere Nacht ernähren, sie ist es, die uns von dem am Seinfluss-Überflüssigen reinigt.

Künstliche Erfindungen sind keine eines Gottes, diese Gedanken denken tags für hochkant, nachts für flachkant, nur mehr unwahr erträumt[3] es uns in Kant's Vernunft.

Es ist die Nacht[3] die über ihr Unbewusstes wie Unbewußtes auf Sinnsuche-Verjüngung ist und alle Existenz einholt, Schuld wie Nichtschuld unterscheidet, und als solches übrig lasst.

Der wahre Tag schreibt sich klarer des Nachts verdeutlicht aus seinem Dunkel, über Dunkel[3] aus seinem Wasserunter-Kamera-Hirn.

Das Unbewusste des Nachts auf Sinnsuche sperrt den Tag davor, das Paradies zu finden, das es von Dunkel sucht neu zu erfinden, und Skelette die in Symbole stecken, in die nimmt kein Gott ein Haus, das notiere ich lebenssinnwert-infaktisch, ich zeichne ihn nicht technisch lebenssinnwert-outfaktisch.

Mir geht's gut sagt sich das Skelett, so sieht mich alle[3] Welt anerkennend, ich bin der Knopfdruck, so brauche ich mich nur noch selbst zu drücken, so finde ich Gott.

Wer keine eigene[3] Sprache hat, solche von poetischer Phantasie, muss andere[3] lieben ... wie lieb ist technische Fantasie!

Das Wort, das in seiner Kernaussage nicht den Atem seiner Laufzeit direkt wiedergibt, erscheint oft wie archivgeistig nur mitgeschleppt, es spricht den Tod an so wie es sich dahingehend bis in sein Unbrauchbares inzwischen verjüngte.

So wie meine Sprache mich in ihrer Laufzeit erfasst, so »bin ich«, und in der Größe[3] ihrer Worte-e-Beweis bin 'ich ihr Raum-Inhalt, ihr Punkt setzt mein geistiges Volumen fest, mein Zuhause ... mein Zuhause, ein beruhigendes Wort, ich musste es wiederholen.

Doch wo es gänzlich mir nur sein Skelett erklärt, da hilft es mir wenig, ich säße noch auf der Straße.

Auch Tausende von falschen Meinungen sind noch immer keine richtige Meinung, allerdings ließe sich ihr Wahrsein darunter begraben und gar dort wo es dem Tourismus zum Berg gereichte, da drohte ihm auch noch ein Preis als Auszeichnung, dem Berg bringt es seine Verödung.

Hochwertige Theaterzeiten so frei wie der Wille im Kreisverkehr, es führe Diskussionen dennoch nur in den Stau.

Es ist dass das Problem der Zunge glättenden Wörter das sie Zeit vergessen lassen, was sich darüber sein Selbstvergessen erwirbt, dann dieses auch seinem Selbstsolchen von eigener Ewigkeit.

Ewigkeit lässt sich auch nicht über käufliche Wörter einholen, doch ist es möglich, den Wörtern eine eigene Bleibe zu sichern, darüber, dass sie ihre Laufzeit und ihre geistigen Keime einst aus dem Blinden[3] auferstanden, nicht als »Geist« verkaufen.

Die Laufzeit im Wort ist ihre direkte Sprache in beider Aussagen, jedoch eben dort eine verlorene[3], wo es das Leben abstößt[3].

Und so sollten wir nicht ständig an uns, am »Menschen« klagen, wir sollten es an unserer Sprache tun, sie ist es, die uns dort, wo wir uns gegenseitig selbst beschimpfen, als Unvollkommenes begegnet, Sprache kennt keine »Macke«.

In der spezifischen Wichtung seiner eigenen Sprache e-metaphysischen Beweises ist der einzelne Mensch sein eigenes Merkmal, und im Gegensatz zum Artgewicht seiner eigenen DNA dort, mit geringem Unterschied zum Artmitgefangenen, aber praktisch zahlengleich, geistig unabhängig wo es die spezifische Wichtung seiner eigenen Sprache ihm das erlaubt.

Allerdings, ist die persönliche Wichtung der eigenen Sprachewahrfähigkeit egospezifisch auf den Familien-Geldclan ausgerichtet, dann rudelspezifisch gleichso in solchem Verständnis geldspeziefisch das es in ein ebensolches von bewusstem Sein umzumünzen gedenkt.

Wo der Geist Dr. Menphistos nicht ankommt, dann dort einfache Unterhaltung besonders lustig, neue Anstrengungen für das Vollkommene denkbar weniger, der neue[3] Mensch schon.

Was einst als Ich-Fisch dem Ur-Meer allen Lebens entsprang, das nimmt sich in spe jetzt als Speziehfisch in Kauf, sorge dich nicht, geh' schwimmen.

Der Schöpfungsgedanke, jener eines göttlichen Himmels, gilt schon heute nicht mehr was jedoch hieße, Gottes »DNA« wäre eine fehlerhafte so er sie Seinesgleichen in Gottes-Ebenbild sinnwertbewußten Vergleichs einst uns überlassen hatte.

Endlich unserer Sprache eine Reform und ihr ein Lebenssinn-wert-Infakt der den »Geist« in den Rauch hängt, den Geist, der Geist für Geist tötet.

Dem Einseitigen der Sprache, seinen archivaren Schriftlichkeiten die so über Begriffe festgestellt(S) ein ganzes Sortiment an Eingaben und Aussagen und inzwischen an technischen[3] Inputs und Outputs anbieten, endlich den Vermittlungsbereich des »Un[3]-« zwischen Vermutlichkeit und Sache, denn dazwischen liegt das Ewige[3] an der Sprache-Tat-Bestimmende folgenbewußt lebenssinnwert darum gewußt und so erkannt: als Geistigkeit aus der Schwäche einst erstem natürlich entelechischen geistigen Keim auferstanden.

Denn, eine kunstkünstliche Wesensentfremdung an den sonst geistig halben Aussagen hat dies zum Ziel, über den Buchstaben in der Zahl grammathematisch, den »People-Code« (PC-11) farbig[3] virtuell illusionär. Mag Soll den Punkt setzen und füllt er die Null gänzlich aus, dann bleibt ihm nur noch das Jenseits das ihn umgibt, dahinter beginnt auch für den Punkt sein Jenseits, der Tod der Sprache als angezeigt. Glauben wir über die absolute Größe der Null unser Wissen, von Sachverhalt restlos ergründet, auf den Punkt gebracht zu haben und darüber unsere Gedanken als richtig erkannt abgeschlossen, dann hat sich der Punkt als vollendet erfüllt, als Sein, und Nichts(S) stimmt, es funktioniert.

Sein ist allem Soll einwegs derselbe Ein- und Ausgang, mehr Schuld ist da nicht, diese keiner Tür oder einem Tor, Punkt.

Auch die perfekteste Perfektion ließe sich nicht aufhalten weiter zu machen, was dann heißt, das sie so, mathematisch begriffen, in ihr Gegenteil verfiele, stets in einen nächsten Anfang und wieder nur von allererster Frage.

Da denke ich doch lieber märchenhaft, ich sage mir, könnten wir denn an einem Gott davon ausgehen, dass er auch über sämtliche Techniken herrsche? eventuell sie selbst beherrsche? denn fänden wir Gottes Fingerabdruck, wir wollten doch sicher seine ganze Hand wissen, oder sollte es denkbar sein, dass ein Gott selbst um diese Hilfe ersucht? und dass er, in dem er uns ein Stück seiner Haut überließ, ihn auf diesem Weg zu finden[3]? es gäbe uns immerhin einen Grund und seine Erlaubnis mit unserer Gen°-Technik fortzufahren. Wir können uns mittlerweile dem Sog der Gen°-Technik sowie ihren mathematischen Formeln nicht mehr entziehen, sollte es also von Auftrag sein dieses weiter zu ergründen? es würde an uns Menschen ein Schuldbeben verhindern und auch sonst über das, das es an Hilfe leisten könnte, an der Erde die Apokalypse. Wen sollte Zerstörung auch nützen, selbst wäre die Furchtbarkeit ihr angetan noch so groß, Zeit hat keine Maße, es kann keinen Wert meinen der keinen Wert hat und der immer wieder nur seinen selben Anfang von vorn nähme.

Die ersten Dramen entstanden, als bereits bei der Geburt der Erde einiges aus seiner Vorsehung falsch lief und alles erstes Leben denselben Fehler machte und diese Dramen bühnenreif wiederholte, von Fleisch[3] fraß es sich gegenseitig.

Wäre es da nicht näherliegend den »Menschen« eher bevorzugt als den »geborenen Mathematiker« zu denken? es ließ mich ihn viel überzeugender wissen, viel präziser so auf seinen Wegen in seine Zukunft deutbar berechnen und auch nirgendwo fände es ihn besser aufgeklärt als in der Sache.

Kein Roboter gefährdete ihn mehr, das denke ich beachtlich, im Roboterhirn erkannte er sein eigenes Großhirn um dieses erweitert. Keines Klagens brauchte es mehr, ständig neue mathematische Erfolge versorgten ihn mit Jubel ausreichend, kein größeres Lob zollte er in seiner Geschichte zufriedener als der Entdeckung der nevergreenen Felder durch A. Einstein.

Und den Vorwurf einer Schutzbehauptung und darüber den Glauben missbraucht zu haben, es nähme ihn diese Sorge.

Und sicher wäre es auch einem Gott egal ob der mathematischen Ergebnisse erzielt im Sitzen oder im Knien oder beim Beten. Es ist doch denkbar, das noch andere Welten, Dimensionen, Branen neben uns existieren die allein auf mathematische Lösungen aufgebaut sind, in diesen Welten wäre der philosophische Mensch ein verlorener, die Mathematik sucht aufrichtig die Zahl, das könnte auch uns meinen.

Es ist nicht auszuschließen, das ein Gott für die Gewalt, die sie unkontrolliert nimmt, einen Kybernetiker sucht der das von ihn ins Leben gerufene Überleben sicher durch sein Omniversum steuert. Der Gedanke, in den ungeheuren Gewalten des Seins ein Jüngstes Gericht zu finden, erscheint so unwahrscheinlich wie durch aller Seinsgewalt hindurch die Erlösung aller Seelen über einen Gott so schutzlos zu denken.

Es gibt für keine Seite ein Recht das Unerfüllbare zu verlangen. Die letzten Gedanken dachte ich verängstigt um meinen Verstand besorgt andererseits aber empfand ich sie als lächerlich, vieles wird darüber noch lachen, denn über den »geborenen Mathematiker« gelänge uns einem Gott nur zu beweisen, was er längst wüsste.

Mit dem »geborenen Mathematiker« meine ich, nur neue Zweifel entdeckt zu haben, wir können zwar sagen, in der Mathematik reinst in Sein-Energie-Form gebündelt dächten wir ihn doch längst, dennoch ist da noch immer unsere Seele, ich denke ab hier beginnt das »schwarze Loch« auch für's »Denken«.

Noch ehrlich bei der Sache, sage ich mir, sollte kein göttlicher Auftrag aus irgendeinem Grunde für uns Menschen vorliegen, bestenfalls etwas das uns außerhimmlisch geistreich mästet, möglicherweise nur unsere Intelligenz darüber anzapft, denkbar so verborgen hinter »Technik«, so von einem außerirdischen König befohlen, fremden Geistseins so auch an den Blättern verzauberter Stammbäume und so dann auch gewollt an den Blättern unserer Bücher täuschend ähnlich, dann ließe sich darauf nur eine Antwort finden, wir Menschen lieben Märchen.

Um aber eines Tages in unseren angestammten Stamm »Eden« wiedererweckt zu werden, erfordern gerade diese Gedanken eine besondere Schläue, doch noch meinen wir dem entgegengesetzt unter Beobachtung weniger kriminell zu gedeihen, was also rede ich mir ein, was reden mir andere ein, ich bin ein Eingeredeter kann ich mich nicht selbst daraus befreien, was ist Sache! ... »Digizapf« stürzt auf mich ein ... wohl war ich für einen Moment in ihrer Zukunft. Was in mir noch wach ist, das will ich sofort notieren, für ein »Platinen-Volk« hielten sie sich, »Digitaliener« so nannten sie sich, »Digizapf« so nannten sie ihren Gott, Digi-Tal so ihr Zuhause, die Gegenden die wir Städte nennen, diese lebten sie als »Bereiche«, auf ihren Geburtsort verwiesen sie mit besonderem Stolz, er lag hinter den »sieben Feuerbergen«, »Digitalien« ... aha, so musste wohl ihr Land geheißen haben, allerdings war auch von Roboter-Schlümpfen mit Kampfgeist die Rede ... ich weiß nicht, ein drolliges Volk waren sie, aber kaum zu verstehen, ihre Stärke war das Umsetzen von digitaler Sprache in ihren Lebenssinn. Begehrlich entbrannt in Eifer über Präzisionen von höchstüberzeugenden und hochstbegründeten Zuverlässigkeiten lebten sie ihr modernes Märchen, selbst bis in aller ihrer Horizonte das Hygienische ihres Daseins reinst ... doch war da etwas anderes das es nicht hatte, Herz.

Mit keiner Silbe verband es die Wünsche der Märchen die sie als Hoffnung erfüllt versprechen, auch nicht an der Seele von Harmonie oder Heilbarkeit, ihre Prüfungen waren andere, so sah denn auch der Held sich damit belohnt, in einer virtuellen Welt als verwünscht zu leben und bis ins Wundersame gesteigert erschien allen der besiegte Tod wahrer denn die Liebe.

Meine Erfahrung hat mich anders im Griff als mein Kind seinen Erwachsenen, dass lässt mich anders gelöst[3] wissen.

In den Wiedergabefähigkeiten, so gegenseitig in ihren Aussagefähigkeiten darum lebenssinnwert Seiwert Sei-Ist bewußt-gewußt, ist der Mensch das einzige Tier das darüber von Selbstvermögen(H) in der Lage ist, die Seiten[3] zu wechseln, ja selbst(S) dort wo nicht schützt es ihn immer noch vor den Göttern in seines Geistseins »Amen«, so selbst erforscht als Ameisenmensch (Meta ...) abgekürzter Wege auf allen seinen Routen.

Doch ist Vorsicht dort zu walten, wo es letztlich immer wieder gelingt an Wörtern oder am Wort selbst(S/W) zu sparen, für Jäger und Sammler könnten sie einen antiquarischen Wert bekommen, oder haben ihn schon.

Der lustige Mord kann jeden begeistern, der Überlebensmord sollte es nicht mehr, das Wort »Mord« eignet sich insgesamt für keine Süßigkeit[3], allerdings als Gedanke für eine Sprache-Reform.

Wer das Wort »Mord« für seinen Geist im Geiste »Märchen« gebraucht, vor dem muss sich der Osterhase selbst lange vor seiner Osterzeit fürchten.

Ist denn Geist auch als ein »Ungerechter« denkbar? oder ist es über Bewußtheit(H) erlangte Geistigkeit(H) die mich von Ungerechtigkeit wissen lässt, Geist kommt unerklärlichen Wegs daher.

Sollte ich denn denken, das man » ..... « auch vertreiben kann? Kriege haben es vermutlich[3] getan, obwohl Kriege selbst darum garnicht wissen können, das erklärt ihn und den Geist. Lässt sich Geist verarbeiten? so in Medikamente wo er hilft, und eben dort als Mordsgeist[3] wo nicht?

Der Geist ist am schlauesten dort, wo er »spiegelt«, aber nur so lange er nicht erkannt wird, und das wieder lässt Geistigkeit(H) leiden, so entstehen Märchen.

Geist »spiegelt« ohne Zweifel, damit habe ich ihn gefunden, Geistigkeit(H) »bin ich« selbst(H).

Bricht der Spiegel ein, na gut, das spielt weiter keine Rolle, so spielt er auch nicht meine, so gespiegelt zeigt es mir von Geist mein Aussehen.

Jetzt, wo ich das weiß, kann mich kein Geist mehr überraschen, ist er im Bild, trennt uns Bildung, wo es mir etwas vorspiegelt[3], kann es mich nicht mehr täuschen ... und das kann jeder an sich selbst testen, wo er sich in Bildung selbst(H) nicht wieder findet, dort ist er Geist.

Geist als Geist wo er »spiegelt« als solches erkannt, bedeutet er keine Gefahr mehr für uns Seingefangene, auch nicht für jene im Geiste fliehender Arche, allerdings, wenn man ihn im Spiegel darin geistlos, für ernst nimmt, dann bedeutete dies auch für den Geist ähnliche Gefahr über eine Faust in seinem Gesicht[3] aus diesem Spiegel für immer zu verschwinden, und das ist kein Spaß.

Kein Geist widerspiegelt sich um sich selbst gewusst, er »spiegelt« nur einfach.

Ich denke, mit diesen Gedanken einen nächsten Baustein für eine Sprache-Reform entdeckt zu haben.

Wer keinen Titel hat, ist keiner, so suchte ich »den« Geist selber(H), ich fand ihn vor[3] der Schule.

Und unser sogenanntes »Bewusstsein«, dass ließ mich mein zauberhafter Rauhhaardackel bereits auf dem Weg dorthin finden, im ewigen Stress seines bewussten Seins lebte er ständig in großer Angst mich verlieren zu können, noch vor den Fotografien meines Gehirns, so von manchen unserer Urlaubsorte, war er tief besorgt um mich schon längst vor mir Zuhause.

Was er nicht verstand, das war der Fahrstuhl und warum wir Menschen uns für 1 bis 2 Minuten darin auf engstem Raum einsperrten, an dieses mit unserem Geist vergleichbar, daran mag ich jetzt nicht denken, obwohl ... sollten wir denn auch von einem »unbemerkten Bewusstsein« gesteuert werden? das nicht aufmerkt wenn Technik es von Charakter her wesensentfremdet? also, das »unbemerkte Bewusstsein« es hätte den Geist des Überfliegers.

Geist gehört dem Sein an, da sprechen selbst Türen wenn es knarrt. Und das eben ist das Tragische am Geist, er kann widerspiegeln was er will, er ist es nie selbst, so unerkannt hungert denn auch unsere Sprache dahin, sie will Mord vom Besten als Unterhaltung, genießerisch wohl an ihr von geheimer Rache.

Das was Wörter können, in ihren Aussagen, das kann die Zeit nicht, vergreisen, für Sein gibt es deswegen keinen Tod.

Womöglich und ausgerechnet ist es die »Phantasie« die uns nicht mag, sie sagt uns nicht, was sie für uns Menschen übrig[3] hat, besonders auffällig lässt es mich eine protoplasmaneurogramm-mathematische Schwachstelle an ihr ausmachen, nämlich das Fehlen ihrer Unterteilung in eine solche jener natürlich-evolutionär-bewusstlosen Phantasie(Los[3]) die über 4 Aminosäuren ihr Fortbestehen zaubert und jene andere geistige Phantasie die den Aminosäuren ihre Namen gab, zumeist am Baum der Erkenntnis so von Fichteholz geerntet und allein egoistisch für das Eigen-Moderne, sogar käuflich.

Und dann ist da die »technische Fantasie« die, frei Bar- und Nacktcode am »unbemerkten Bewusstsein« und seiner geistigen Phantasie vorbei, verhindert, dass es seine geistige Zeit in seiner Vorabentwicklung zu denken weiß.

Und dass es ein »unbemerktes Bewusstsein« geben muss, das ist über Kameras festzustellen, immer mehr davon müssen es überwachen. An diesem unaufhaltsam, da meine ich eines vorweg bereits als Vorsicht anmahnen zu müssen, so die technischen »Vorbild[3]- und Bildungsrechner« für technische Denkmaschinen, denn kaum ein anderes Wort wird sie genauer zu beschreiben wissen, sie werden unsere technischen Formeln die nicht aufgehen ausschalten und dabei andere noch ungelöste auf diesem Weg finden ... und wir werden ihnen den besonderen Lob unter dem Begriff »Genie nach Einstein-Art« zugestehen müssen.

Sein denkt nicht nach, es weicht in Sein-Chaos aus, unsern Geist dürstets derweil nicht anders nach toten[3] Hosen, und wäre es nicht als blasphemisch zu verstehen, es gäbe Bier aus Weihwasser gebraut zu Kampfpreisen, auch abgefüllt über Spreedosen, hülfe es beider Umsätze zu steigern.

Die Doppelrolle in der Unterhaltung ist nicht einfach zu verstehen, als einfacher Gedanke gar doppelt so schwer aufzunehmen, so setze ich meinen Gedanken warnend auf das was schreit, schreit das eine, schreit das andere, das weiß ich aus meiner Kindheit.

Und ließe ich manches, so es mir nicht gelingt das selbst auf-zuklären, für den Leser als unbeantwortet zurück, dann nicht ausgeschlossen von Deutungen so als listig und klug von einem alten Mann hinterlassen, da orientiere ich mich an bereits Ge-schehenem.

Ich komme einfach nicht mit der Zeit zurecht, die als vergangene Zeit garnicht anwesend ist, ich fahre laufzeitlich doch nicht mit der Bahn die es damals noch garnicht gab.

Mit Nachdenken meine ich mein Leben jetzt zu schützen, nach-denken kann ich auch später, vielleicht darüber ob vegetarisches Essen gesünder ist, überhaupt wenn Statistiken als bewiesen es so überprüften.

Jeder unserer Gedanke ist von laufzeitigen Gewicht, gewiß kann er von Wichtezahl spezifisch schriftlich vermerkt werden, ja selbst bis in sein Unzähliges sich aufschütten, doch kann er Phantasie, die kein Gewicht hat, nicht aufhalten.

Mit Gedanken kann man um sich werfen, oder ihn als gewor-fenen Wurf sich denken, doch allein Phantasie hat Flügel, wobei es nicht die Flügel aus Stahl meint.

Phantasie tötet keine Augen ... keine, es lässt sie leuchten[3], wo der Gedanke der Erde ihr die Phantasie entzieht, dort verbrennt er Geist über Pleuel-Schub.

Wir Menschen haben jenes entdeckt, das Sein sich nicht sagt, unsere Sprache, und mit der Sprache haben wir das entdeckt, das wir uns sagen: »Mensch«, und das ist es, dass uns seitdem nicht ruhen lässt, und wieder diese Unruhe ist es, die uns unsern Men-schen nicht »haben« lässt, seitdem suchen wir ihn »gereinigten Seins« in[3] Sein das Gewalt ist, das weder »Mensch« ist noch die menschliche[3] Sprache zu beweisen denkt.

Das geringe Haben über Zufall, als das es uns Über[3] lässt, ist uns noch unbekannt, wie einst anfangs die Sprache[3] die über Phan-tasie uns erst zum Menschen bilden[3] musste.

Für Sein gibt es kein Vertrauen, wir, »Sprache«, wissen es zu denken, und seitdem wir davon wissen, suchen wir selbst unser Vertrauen zu reinigen, der künstliche Mensch ist in Mache, auch seine totale Überwachung und seine nächsten Kriege werden ihn wieder täuschen[3], tarnen, töten.

Sein ist Gewalt was Soll ist und sich bis ins Fragloseste verjüngen kann.

In unserer Sprache »bewusst« denkt Sein kein(en) Mensch(en) und denk' ich bis ins Meta-Moderne vorausgedacht, so wird es gar »Aussehen« sein das uns einkauft und künftig uns lehrt dieses zu lesen[3].

Sein ist Gewalt um das es nicht weiß, Gewalt lässt Gewalt an sich heran soweit es dies ertragen kann, nur »noch« friert es weniger.

Nicht Sein ist zu beweisen, Sein stäubt, staubt, dazu es sich reinster niemals grüner Himmel bedient, es führt zu Nichts an Seinsstatt, seitdem, seither und dorthin.

So erträume ich denn auch mein Märchen, ist die Nacht vorbei, ist es mit seinem Geist verflogen.

In aller Phantasie darin sind wir auf Sinnsuche, und fänden wir einen Sinn, wie sollte der uns ausfüllen, inzwischen suchen wir unsere Suche so gedacht, das sie das suchen soll, das sich unabhängig Mensch nennt, die »Maschine«, ihre Mathematik. Und fänden wir auf einem fremden Planeten eine Höhle die uns unsere gesuchte Phantasie darin entdecken ließe, unsere Sinnsuche ließ uns dennoch nur die künstliche Fantasie pro Test als sinnförderlich empfinden und so »bewusst«, als seien wir auf dem richtigen Weg unserer Sinnsuche weiterhin verpflichtend eine nächste Höhle finden zu müssen.

Es ist uns tatsächlich gegeben, dass wir unbemerkten Bewusstseins unseren eigenen Menschen noch immer als unentdeckt suchen.

Unsere Gedanken erstehen Phantasien, könnten wir sie doch als unsere Bleibe(H) sichern.

In der Sprachkunde »Phantasie« sind wir am meisten »Mensch« von wahrster Kunde die es uns erlaubt, uns der Warenkunde(Sache) zu entziehen. Die Kunde, als die wir uns verbreiten, nennt uns geistig »Mensch«, was jedoch im Begriff[3] dabei ist es als Kunde unterschiedslos zu vernebeln, das erwirkt Waren-Kunde in ihrer reinsten Fantasie, jene in Sache »Mensch« technisch von nächster Kunde.

Von zweitem Akt klassischer Tragödie ist es gerade dieser Gedanke der uns sagt: beide haben recht, doch weiß keines von beiden um beider Sinn, ins Technische übertragen ist es keine menschliche[3] Tragödie mehr, und als eine von Menschen erfundene und von der Maschine ausgesprochene, ist es keine Kunde die Mensch denkt. An diesen Gedanken lohnt es sich fettgedruckt als Kanon zu erinnern.

Sprache-Kunde, so in Gedanken unbemerkten oder unbewussten Bewusstseins, ebnet übergangslos das Sachkundliche pro Testkunde lebendig in das Sprachkundliche lebend.

Die Sprachkunde gab der weißen Schrift, einst in Urkunde-Phantasie, die erste schwarze Schrift und darüber ihnen die ersten Schriftkundigen, diesen Gedanken nun richtig zu entwickeln erscheint von schwierigster Kunde, doch kommt es ausgerechnet[3] von größter Leichtigkeit automatisch daher, so über Technikkunde an der Ur-Kunde einst, von nächstem Schritt. Der Naturkundige lernte Mensch-Kunde und der Menschkundige lernte die Sinnkunde so über le?re Versprechungen noch gesucht, es gelang ihnen bisher nicht, auch nicht über »käuflich erworben«, sich einen Lebenssinnwert Seiwert Sei-Ist zu geben, und was um keine Entbehrungen weiß, so Technik, weiß aus seinem Nachlass auch keine Hilfe zu bieten.

Allein in der Sprachkunde »Phantasie« tragen Wörter ihre Laufzeit für ihren immergrünen Sprachraum zusammen. Raum und Zeit der nevergreenen Materie sind andere, sie fordern technische pro Test-Arbeiten heraus, mit und zwischen Energie-Feldern, das ist zu beachten bevor die Sachkunde von größter Architektur ihren größten Fehler von selbst findet.

Für die Tonkunst (Sprache) über den Tonarm seiner Neuronen menschlich verständlich, erscheinen die nevergreenen Feldarbeiten als blutleer.

Und denk' ich an Labore oder an Labor-Zellen[3], wo sie nicht bekannt sind, da und dort sind sie von größter Gefahr an aller Wiedergeburt unwiderbringlich.

Unzählige kleine Experimente und Versuche sind ihnen inzwischen misslungen, als großen Missversuch gelungen wird es sie irgendwann bündeln.

Dass sie das Wunder der natürlichen Evolution nicht aufstocken können, das ist ihnen nicht »bewusst«, widersprechen sie dem, gehen sie davon aus, das auch ihr Gott das »bewusst« nicht wissen konnte.

Die Hand am künstlichen Tod ist keine Erfindung der natürlichen Evolution und der »bewusste« Mord kein Wille Gottes.

Würde ein Gott auch das unter »Vergebung« verstehen? Diesen Gedanken will ich abmindern, so verstanden als eine Kunde frei Le?re vermutlich zu leben die Pfand ist und die selbst auf die unmittelbare Vergangenheit am Pfand inzwischen verbilligend und zeitverkürzt einwirkt.

Und befindet sich in einem Fruchtjoghurt keine Frucht, dann ist das nicht verwunderlich, genau das meint es am Pfand wahrzunehmen. Und trägt eine Fruchtfliege aus der Nahrungskette der Natur, seiner Desoxyribonukleinsäure (DNS) einen menschlichen Auszug anteilig, dann dort pro Test das Tier, was denn sonst.

Zuviel Lob wurde inzwischen in die Erde verschüttet, langsam wird selbst die Erde nicht mehr glaubhaft, an manchen ihrer Stellen reifen bereits Lappen so durchtränkt von Unreife[3], dass sie krank ernähren.

Das Unterschiedslos, das bis zu seiner geistigen Entdeckung sehr lange brauchte, ist wieder auf dem Weg sich selbst einzuholen.

Was ist denn nun »Sache«, es lässt mich diesen Gedanken wiederholt fragen, wie viel Würdewert messen wir einem Verkehrsschild (Anweisung, Begriff, Hinweis) bei, »in dem was wir denken, geht es um Schuld und Freispruch[3], zum einen unseren eigenen Freispruch über Geistigkeit(H) zu begreifen, zum andern diesen Freispruch von und vor Gott zu wollen«, das wohl würde ein Richter uns sagen und dem angefügt gleich noch wissen wollen, »wo wir denn das Zeugnis unserer Bleibe versteckt hielten«.

Ich meine, diese Gedanken dazu als geeignet erkannt, die Bibel zu retten.

Fliegt[3] das eine, fliegt das andere, denkt es Fliegen von blinder Schuld, denkt es das Blinde zu sehen[3].

Und so denke ich, wo umgekehrt die Technik uns vertraut und der Krieg denkt, da gehört am kantischen Imperativ noch folgendes nachgetragen: Wo die Sicht auf das Wort seine Vernunft als Haut[3] verkauft, dort gibt sich Vernunft auch nur als flüchtige Haut wahr fühlbar erkannt wieder.

Materiell-werkstofflich gesehen, ist Technik nicht seinfremd, seine Form künstlich gestaltet gegen die natürliche Evolution gerichtet dort allerdings, und wo es als technisches Dynamit[3] auftritt, dann dort als Gewalt mit keiner anderen Aussage denn »Sein« ... wie lieb ist Anerkenntnis!

Sein für Sein ist seinem Soll unbegrenzbares Los[3] ... unser Wissen in einer Kunde von Artle.rstoff pro Vergleichstest parallelen Mitseins dennoch dem Sein zuwider, lässt uns »Mensch« allein in seinem Scheinbaren wiederfinden, entdecken, zubereiten und verbrauchen, am Ur-Stromkreis gar von Kurzschluss, bewusst möglicherweise. »Gewalt ist von Übel und wir können nicht ein Übel mit einem anderen Übel austreiben«, Karl Popper, Philosoph.

»Mensch« ist kein himmlisches Versprechen, was ihn darüber: S†H, Schuld und Freispruch[3] über das Sinnbild der geistigen Vermögen[3], »Übrig« lässt, das ist er in seiner Laufzeit auf Erden seinem eigenen Vermögen von und als, größtes Versprechen(H) und seiner Sprache zuwachsender e-Beweis. Märchen sind es die ihn begleiten ... oder ihn über Statistiken übrig lassen.

Sein muss leben, dem Anderen bleibt das Denken(H), wer darin mit Angst stirbt, der misstraut letztlich sogar seinem und anderen Märchen.

Ich **sollte** aufhören zu denken und es besser der physikalischen Maschine überlassen, ihrer Zukunft, sie kann man wieder einschmelzen, welche, was und wer auch immer.

Wer von der Apokalypse redet, der muss es bereits als Vorsehung an seiner Hoch-Intelligenz, seinem Bewusstsein und seinem Geist begriffen haben, dieser Gedanke stellt alles »bewusst« Denkbare auf den Kopf.

Für Sein gibt es keine Endgültigkeit zu denken, ich kann nicht sagen, ob denn Sein vielleicht doch nur ein Loch ist, womöglich geht so auch unser Denken auf. Sein heißt »Müssen«, so muss es das auch als Loch, selbst bohrte dieses Loch feinste Technik, der Gedanke daran ist bereits von schnellerer Laufzeit als der Glaube Laufzeit hat.

Ich weiß nicht was das Meiste meint, aber ich denke, zum Schluss wird es die Erde haben.

Vor einem Loch da mag es selbst den Geist vor seiner Leere schütteln, ich versuche einen Schüttelreim darauf:

Was wir nicht wollen, das sind wir von Meistem, »käufliches Versprechen« heißt es, nach Art-Leisten,

den frierenden Psychen erlaubt es seinen Seelen einen Schal umzulegen jedoch Hoffnungen von wegen über andere Hunger gestärkt so von Menge Sehnsucht nur als Stillzeit auf dem Geldschein vermerkt.

Im Geiste Dr. Menphistos kommt der Schneid im Siebenlicht daher, gebogener Elle hält er das Glas zum Gruß der Traube[3] entgegen, heimlich, so denkt er dabei, dieses seinem eigenen Willen zum Segen, klug in Gravur großer Griffe in die Steine der Universitäten geschlagen, je nach Ellenlänge geborgt oder vor Ehrfurcht getragen.

Wem es gegönnt, die Lehren als Gelernte zu kaufen, der legt sie in Erde an, in seine Erde aufgehoben und wo gebraucht notfalls über Zäune verschoben.

Wertpapiere tauschen Erde und tintenblaue Stempel zieren ihr Fleisch, Angebot und Nachfrage verkuppeln Erde-Leistung, was die Arche über die Sintflut herüber rettete, das ernährt sie näher im Geiste-Maisch.

Die Erde, die uns die Sintflut überließ, sie bekleidet an Vielfalt große Netzwerke gewerblich, über Wehrhoheit nahm es seine Arbeit auf, über Wiederkehr gekauft erhofft es dieses für sich unsterblich.

Die natürliche Schöpfung haben wir in einen technischen Markt gewendet, so leuchtet es uns von Zelte weither, doch wo es uns in Bann in Seinfluss-Hunger über seine Fallbrücken zieht, da fliehen wir weiter vage im Sinne Erbe so wie es uns noch immer vom Tiere wahr sieht.«

***

Sein nimmt uns als Sein auf, nicht als Mensch. Könnten wir denn an einem Grashüpfer, der Sein ist, von evolutionärer »Individualität« ausgehen? wenn ja, dann könnte diese Bezeichnung auch ein Fußballer tragen, wenn nein, brauchte das der Erklärung des individuellen Habens so über Schuld und Freispruch[3] getrennt erkannt, noch fehlt uns dafür der individuelle Durchbruch, spucken das tun auch Lamas.

Sein reagiert nur dort wechselseitig wo es gefressen wird. Das erinnert mich an »Geist«, Geist spinnt, keiner sagt mir wer ich bin, an einem Baum der Erkenntnis den es nicht gäbe hinge er unsichtbar.

Bewusstsein, so heißt es wissenschaftlich, denkt seine Persönlichkeit vom impulsiven Baby über den emotional verwirrten Teenager bis zum kontrollierten Erwachsenen ... als ein »Muss« für Sein ist das richtig erkannt, nur eben dass es nicht die Wissenschaft meines »Wollens« denkt, Sein gebiert Muss für Soll (Unschuld), nicht Haben, Helfen für Wollen (Schuld).

Wo das Bewusstsein als bewusstes Sein unbemerkt sich bemerkbar macht, da führt es den Raub an der Erde aus und windet sich in Dauerklagen, als Bewusstsein lässt es uns von Offenbarung als eine Erwartete reden, von Gewissen her erinnerts an die »Räuber³«.

Fast augenblicklich empfinde ich mich mit meinen Gedanken wie in einen Zeitunfall verwickelt, ausgelöst an einer Kreuzung durch nicht mehr überschaubare Wegweiser von Hinweis mir angezeigt über alle Richtungen doch bitte gleichzeitig das entgegengesetzte Ziel verkürzt zu nehmen.

Diese Gedanken erlauben mir mühelos ein bekanntes Märchen in meine Laufzeit vornotiert zu übertragen, dabei hilft es mir ausreichend den Garten Eden als ein Art-Paradies zu verstehen so von ausgewiesener Menschenhand modern geschaffen:

»Vor einer großen Stadt wohnte ein tüchtiger Laborant, Chemiker, Physiker, er war alles in einer Person, mit seiner Frau und seinen zwei Kindern, einem Mädchen und einen Jungen in einem Eigenheim.

Unerwartet kam eines Tages eine große Not über die Menschen, sie waren derer zuviele, und so brach die Nacht über sie herein. Der Laborant, ein wenig überernährt, schlief getrennt in seinem Bettchen, denn er schnarchte, ungeruht hielt es seine Frau in ihrem Bett aufrecht, das jenseits der Wand stand.

Gebeutelter Häute unter ihren Augen überfiel sie den beginnenden Morgen und ihren Gatten mit einer brauchbaren Idee, wie sie es formulierte, und darüber vorschlug, zunächst mal die Wälder über Labore zu begradigen, für unsere Familie verhieße es zusätzliche Wärme³ ins Heim zu holen, auch unseren Kindern sicherte es eine reichere Ausbildung, wobei sie die Wörter »reich« und »uns« ausdrücklich betonte.

»Ernten«, »bewusst« sog dieses Verständnis aus tiefster Brust, ließe es uns zudem erleichtert erfahren, wo die Sonne milder noch für uns in Märchen-Haine schiene.

So verging denn auch ihre Zeit im Spiel mit der Sprache-Süße und seiner Diabetes so nahebei, ihre Kinder besuchten höhere Schulen, der Laborant nahm reichlich »Nabelpreise« entgegen so belohnt für besondere Leistungen an der Nabelschnur allen Lebens, der DNA, wahrgenommen und sie zeigten sich glücklich.

Was die Eltern verwunderte, das war der Blick ihrer Kinder zurück gewandt auf das Zuhause³ das ihnen einst Heimat versprach, sie begriffen das Licht, das sie über des ehemaligen Daches-First wahrnahmen, nicht als die Morgensonne³ die sie als Kinder erwachen ließ, es erschien ihnen von Licht so bewegt, als wollte es ihnen zum Abschied nachwinken.

So gingen sie weiter, Not war ansonsten nie, echte Not begegnete ihnen allenfalls woanders.

Wo es Not tat, da nahmen sie es mit der Spritze auf, immer weniger wurde es dem Nachwuchs, so Seindaselbst in Fremdsein gebildet, ihre Köpfe nach rückwärts zu wenden, wofür auch sollten sie Mitleid denken das sie nicht kannten.

Kein Versprechen tat Wahres, wahr lief es allein über die Hand³, gut, manches das so als Not unberechenbar in ihren Fleiß einbrach, dem erlaubten sie höchstens das Verständnis einer Pause als solche nachgeholt.

Vieles Tierreich aß ihnen, auf ihren Geheimwegen die sie beiderseits gingen, nichts mehr weg, dass war ihnen reichlich Genugtuung so bewusst.

Wo der Wald sich lichtete, da lichtete ihnen neue Zuversicht aus Stammbäumen, so neu erkundet, entgegen, Kunst versüsste neue Bauten, Zuckerei und Pfefferkuchen gab neue Kraft den neuen

Öfen dort, wo es der Zeitstoß am Verwunschenen nicht selbst schaffte. So ergab es sich, das auf ihrem Weg nach Hause zu ihrem vollständigen Glück nur noch ein letzter See zu überwinden war, gefüllt war er mit Perlen und Edelsteinen bis an seinen Rändern, nur ward da kein Wasser mehr gesehen«.

Das »Darüber« ist grundsätzlich leichter zu wollen und zu verstehen als das »Darunter«, so beschäftigt es unsere Existenz vom Aussehen her von Ersterkenntnis[3] seitdem, der Bekannte, das Bekannte, so erscheint es uns am liebsten, das andere muss uns bekannt vorkommen[3], so mögen wir es am bequemsten, deutet es auf eine Schuld vermutlich, lässt sich's leichter darauf einhauen, das Aussehen sucht sein eigenes Gewissen unbemerkten Bewusstseins. Das Darunter verlangt Einsehen[3], nie war die Ziffer »[3]« so wichtig zu denken wie gerade an dieser Stelle.

Ist das nicht einzusehen, berechnen wir das »Darunter« so »es ›Darüber‹ sein könnte«, längst erträumen wir die Märchen von »Tecno'terra« und jenes andere »Kalte Märchen von der Eisblüte« im Kommen, Sein akzeptiert Technik, so kommt Technik wie es Sein kann.

Verjüngt sich Unwissen? wo es kalkuliert als künstliches Sein zunimmt, da nimmt es ab, wie widerlich doch der Gedanke daran, es »lieben« zu müssen.

Ach mögen mich doch jetzt Spatzen ablenken, so nahmen auch wir einst unsern Weg über Bäume oder vorsichtig aus Löchern um die Gegend wegen seiner Gefahren abzuschätzen, Hunger ließen uns schließlich das Wandern erkunden, nur ist es heute ein anderes, es wandert uns dahin, so wie es Autobahnkreuze gibt zu Tausenden, so gibt es sie inzwischen auch als Begriffskreuze für Abfahrten in beliebige Richtungen, Maschinen enträtseln derweil die natürliche Nahrungskette und der Zufall lässt sich plötzlich sogar verkaufen.

Tiere sollten wir nicht vermenschlichen, ihr bewusstes Sein »denk' ich schon([3])«, so konnten wir unser Misstrauen nie ablegen, das ist auch von Spatzen bekannt, über die Würde der Spatzen können wir uns leicht erheben, dazu ließ Konkurrenz untereinander uns die geeigneten Flügel wachsen.

Wie es heißt, ist der Spatz aus China in andere Länder ausgewandert, wir Menschen aus Afrika, bewussten Seins da ähneln wir uns.

Unter den größeren Vögeln gibt es Sammler und Jäger, sie reißen den Tauben ihre Köpfe ab, danach entzupfen sie ihnen die Federn, ich weiß noch, meine Mutter zierte sich dagegen es an den Hühnern gleichzutun, aber der Nachbar tat's, mit leichter Hand.

Federvieh in Gottes-Garten muss oft weite Wege fliegen um ein Körnchen von Seins-Wahrsein zu finden, uns gelangen Abkürzungen dagegen, Labore und Trödelmärkte für Menschen im Geiste Dr. Menphisto, so gelungen über Federn das anderes Leben lassen musste(S), das alles habe ich den Spatzen abgeguckt, sie sind frech, laut und schlau, das weiß doch jeder und sie bekriegen sich.

Im Namen des Geistbewusstseins frage ich mich, trifft das Wort »Intelligenzbestie« nur auf Tiere zu oder auch auf Genies? Der Wirklichkeitsmensch ist gescheitert und der Möglichkeitsmensch ist noch nicht angekommen, heißt es philosophisch, könnte es denn sein, dass das Unbemerktsein von größerem Anteil ist am Unbewusstsein?

Ich meine, seinerzeit kann doch kein Gott gesagt haben, nachdem er uns aus seinem Garten Eden vertrieb, Mensch, hier mein Wunder, nun macht ihn euch Untertan, und es kann auch kein Gott gedacht haben sein Paradies als eine Immobilie feil zu bieten.

Es muss Verlassenheit gewesen sein, dass die Menschen damals bewog wenigstens als Geist(S) darin weiter auszuharren, als Geist sagen wir uns das bei jeder passenden Gelegenheit doch selbst, insgesamt so denke ich, ist Geist als ein solcher Verdacht auch anzunehmen.

Denn es lässt sich denken, wo Geistigkeit zwischen den Neuronen seiner funkenden Fragen und Antworten keine Kontakte findet, dann davon ausgenommen allein der Geist.

Vernünftig gedacht kann das alles mit unserm Unbewussten zusammenhängen, schließlich gibt es auch »vernünftige« Bratwürste.

Schon Ludwig Wittgenstein forderte die Wahrheit(H) der Worte, wohl weil es kein Wortwahrsein in natürlicher Erschaffung zu denken gibt.

Technik ist kein Mensch und Sein ist nicht menschlich[3], das Nano-Neuroroboter-Gedächtnis mit technischem Mem wird uns das alles beweisen.

»Kein Schwein ruft mich an, keine Sau interessiert sich für mich«, dieser Text einem sehr bekannten Lied entliehen lässt sich verständlich so denken, als hielte er uns alle wie Musik zusammen, und macht jemand darüber einen Großgewinn, dann wird's ganz dramatisch, ab hier wird der Mensch versteigert, er macht Kunst daraus und erst hierüber malerisch entstellt erscheint er als Vollkommen, vor Panzerknackern (Würde) muss dieser Geist geschützt werden, denn oft wird ihm Mehrwert zugeteilt als einem größeren Stück Wald mit allem seinem Leben darin zugedacht.

Nein, Nein, es muss »Bewusstsein« gewesen sein, das dem Menschen (Adam) und dem Leben (Eva) einst das Paradies versagte, als bewusstes Sein, so von tierischem Ursprung, war es schließlich eine Schlange die das »Bewusste« wie auch immer, zur Sünde verführte, wobei heute nicht mehr gesagt werden kann, ob es die Schlange war das die Verführung in Worte fasste oder der Apfel.

Sollte es denn allein Unwissen gewesen sein, dass das alles veranlasste? immerhin gäbe es auch noch anderes dabei ernsthaft zu bedenken, sie lebten mit Gott in einer Gemeinschaft zusammen, wie es in der Bibel heißt, als Ungebildete? oder sollte denn diese Gemeinschaft gleich ersten Tags möglicherweise so »fehlenden

Wollens« mangels so »fehlenden Habens« so »fehlender Anlagen[3]« dafür geeignet, zerbrochen sein? ich weiß nicht.

Jedenfalls, jenes als sein ausgewiesenes Erbe von fehlender Anlage sucht er seitdem über Bedrohungen wachsend gegen sich selbst gerichtet auch noch zu beweisen, so scheint es, noch nie vorher war sein Leben so gefährdet und mit dem Paradies vergleichbar wie heute.

Entgegengesetzt dem Mord besser eine Mördergrube der überholten Sprache, am Tier kann es mehr heilen und helfen, als an beider Tod entartet so von neuer Seinfährte-Findung erwartet.

Irrlicht Sprache, wo deine Wärme schlafen geht, dort wirkt mühelos die Kälte nach, noch verborgen ist uns der Gedanke von Haben-Rufe, aller Eindrücke-Gewalt folgen wir einsam allein dem Sollschlag-Hufe, als dächten wir Rache, alles denkt Wache[3], kreuz und quer durch alle Glaubensbehauptungen die Kugel vor uns aufwärts die heiligen Berge ... wehe dem Ego es fände in seinen Himmeln einen noch größeren.

»Bewusstsein« kann viel zu Märchen beitragen, könnte ich denn sagen, wir Menschen hätten auch ein »Märchen-Bewusstsein«? und könnte ich denn denken, darin oder darüber technisch fortgetragen, das so auch Metananoneuroroboter mit menschlichem Kampfgeist unsere Märchen verstehen werden? und wird es, während sie mit und zwischen Energie-Feldern arbeiten, auch für sie in menschlichem Geiste verständlich spuken? ich meine, gäbe es ein Charakter-Meßgerät oder eben Gedankenlesen über robotelektronisches Gerät abzuhören, kaum noch gäbe es Märchenhochzeiten schon heute.

Wo wir unsere Gedanken einseitig erfassen und sie uns, dann dort in ihrem Erscheinen von keinem anderen Schriftlos (Los[3]) denn flach, nur eben kugelrund gedacht.

Was nur ist es, das mich Wissen (Mensch) nennt, mein Blut ist es nicht, auch nicht mein Nerv direkt, er lässt mich vor allen Dingen Tier sein.

Was bleibt, »ich bin«, e-Beweis meiner geistigen Evolution für eine Schwäche die Gottgrund unseres Glaubens ist. Dort, wo der Geist um seinen Atomkern kreist, dann dort nicht um Kopfzerbrechen von belastenden Gedanken ausgelöst. Das erinnert mich an das Märchen vom »Geist der unbedingt Buchstabe sein wollte«, und so begann es:

»Es war einmal ein Geist der da sprach: er verhieße den Menschen ›Sinn‹, Buchstaben waren es die ihn dazu bewegten, doch war das dem Geist nicht genug, so suchte er schließlich danach jedem einzelnen Buchstaben einen eigenen reinen Körper zu geben, mit einem Trick gelang es ihm schließlich, er gab jedem Buchstaben, so rundum Hülle über Seitenfülle jenes Aussehen an Figur, das es brauchte um als Person zu leben, die Trickfigur war geboren, und dieses als ihre Erscheinung gaben sie niemals mehr auf, ganz im Gegenteil, über anderes Kindsein erschlichen und über den Widerspruch der Menschen untereinander erbaut, nahmen sie fast augenblicklich die eigene Arbeit auf ihrem Geist ein maschinenhaftes Wesen zu geben. Zunächst in einem Neuroroboter wiedererkannt, so sagten sie sich, kämen wir uns am Nächsten, und fortan geschah es, rein Trick im Geist ihrer Buchstaben und Zahlenspiele jetzt unter ›Grammathematik‹ vereint, nahmen sie den ›Mensch‹ gefangen, ob nun unter ›Zeichenvolk‹ oder ›Trickvolk‹ oder ›Kunstgriff-Volk‹ so erkannt, da waren sie sich unsicher.«

Wie leicht doch »Geist« den Menschen unterschiedlich einnehmen[3] kann. Mag es ruhig den Geist geben, aber seinem Wort gleich ein Gehirn geben? ich kann nicht behaupten er ginge mit dem Stadtbewusstsein Hand in Hand, und mit dem Jüngsten Gericht wahrscheinlich auch nicht. Ja, denke ich nun Geist, oder denkt er mich, steckt er gar in aller Nahrungskette? inzwischen ist sie aufgeschlüsselt, einfach so, jetzt geistlos?

Kann Geist entweichen? wo ich ihn rufe, da klopft es manchmal und überhaupt, gibt es ein kriminelles Bewusstsein? so von kriminellen Geist ihm einverleibt? auf Hoch-Intelligenz stößt man dabei oft.

Ich sage mir, Geist ist wortlos, sollte er der Gedanke an allem unseren Denken und Handeln sein, mir wäre er Ausrede reichlich, allein für Nichts übernähme ich noch die Verantwortung.

Ich weiß nicht, ich bin der Aussage-Inhalt meiner Gedanken darin ich mich in seinen Neuronen-Räumlichkeiten wiedererkenne, doch nicht etwa als Geist.

Macht Geist Sinn? Darauf gibt es keine Antwort, so darf ich irren, und wo ich irre, da trifft mich keine Schuld, das macht Sinn, vom Roulette-Tisch lässt sich dieser Gedanke geistreich rückübertragen: »Nichts geht mehr« ... und das Spiel geht weiter.

Wegen der unzähligen Fragen, die bereits Antwort von Vorurteil sind, kann ich behaupten, Geist befindet sich als Widerspruch in allen unseren Sinngedanken, besonders dort wo wir ihn mit Atombomben in Verbindung bringen, dann dort sinnlos und doch!

Noch immer frage ich mich, ob denn Geist auch Gedanken aufweichen und den Gefahren auch selbst ausweichen kann, denn sollten wir, »beschlossene Sache so uns in den Kopf gesetzt«, die Erde diesmal gänzlich verlassen müssen, so muss sich wenigstens der Geist selbst auffangen können, »am Anfang war das Wort«, heißt es, kein Wort ist jeh fertig[3].

Was den Geist unnatürlich kunstkünstlich befruchtet, das kann nicht aller Geist gewesen sein, gemessen liegt sein IQ durchschnittlich etwa um die Hundert, und das schon länger.

Und das hierauf ein art_tot_er Geist wird antworten, jener über Tooltechnik geschaffene, das weiß ich genau, versucht es jedoch ein über das Wort »Mensch« konstruierter Geist, er könnte nicht mehr behaupten, er wäre ein echter.

Ich will mich rückerinnern, womöglich habe ich manch' anderen wichtigen Gedanken dabei übersehen, ich bin auch nur ein Mensch, »Sprache«, Figur ihrem Schatten wenn nur als ein mathematischer Trick(S) wahrgenommen denkbar.

Auch wegen der Umweltzerstörung am Geist, so meine ich, bedarf es auch hier der Trennung der unterschiedlichen Erkenntnisse zwischen Umwelt, seinen Pantoffeltierchen, und der Mitwelt, seinen weltgeistigen Pantoffelhelden.

Das Pantoffeltierchen (Einzeller) besitzt, gemessen am Pantoffelhelden (Mehrzeller), nur ein milliardstelmilliardstelmilliardstel Teil des Gesamtvolumens seines Großhirns und dennoch funktioniert es in den Merk- und Wirkwelten (J. v. Uexküll) vergleichbarer Takte mit allem Orchestersein gemeinsam.

Allein die Umwelt-Labormaus, wo sie es von Großhirn ist, weiß vom Umwelt-Elefanten aufgeklärt und sich von der Rosen-Umwelt (Sache) geistig(H) abgehoben.

Über die Eigengeistigkeit selbständiger Gedanken und so über die Natur-Umwelt hinaus, gelang ihr menscheigen eine geistige Mitwelt zu ergründen und zu begründen und darüber das Denkgleiche aus der Automatik allen Seinsgleichen als einzige Spezie im gesamten Tierreich getrennt zu denken, untereinander verständig zu erklären und erkenntnisreich und bedeutsam weiter zu vermitteln.

»Wenn meine Umwelt verschmutzt wird, empfinde ich äußerst wütend und oft tief verärgert« nur deswegen, weil es meine menscheigen-geistige(H) Mitwelt ... Mitwelt(H) mir das sagt, keine Labormaus(Kleinhirn) wüsste darauf zu antworten. Gehörte ich also dem Umweltgeist getrennter Geistigkeit geistig undenkbar an, ich lebte vergleichsweise in den geistigen Umwelten der Butterflies und bestenfalls exotisch unter ihnen als »Philfalter«. Auf die Umwelt bin ich gestoßen, seit ich merkte sie kriegt keinen Mund auf.

Von einem einzigen Fragezeichen getragen, weiß ich um meine Hirnneuronen auf nächster Weltreise.

Verstehen wir denn jenes, das wir »Geist« nennen, gleichzeitig auch mit »Weltgeist« übersetzt? »die ganze Welt in einem Katalog«, dieser Slogan weist unser geistiges Verständnis gar als ein »Weltbewusstsein« aus.

Wenn ich etwas konstruiere, so dann mir von einem bis dahin gebildeten Weltgeist[3] eingegeben? als ein abgelichteter Geist erlaubte es mir einen eben seinsolchen(S) von Geistgewissen. Sollten wir denn meinen, das so Weltgeist wächst? von unserm Bewusstsein, so über alle Welt, wird das angenommen.

Kann man »Geist«, dabei will ich zur Bescheidenheit zurückkehren, über Logik abwägen? es hieße doch jeden Geist als etwas waghalsiges in Verdacht zu bringen.

Wo ich sagen kann: »weiß ich nicht«, muss ich dieses Verständnis als mein Unwissen von oder vom Geist abziehen? wie kann ich denken, ob denn »Denken« vielleicht selber der Geist ist.

Und wenn man späterhin einem Metananoneurorobotor, so physikalischen Maschinenmenschseins, eine Compakt-Disc oder solche im Knopfdruckgeist von weiterer technischer Entwicklung in seinen Kopf abspeichert, dann solches von Bewusstseinsmenge für Geistseinsmenge für menschlichen Abruf automatisch?

Fängt denn der Geist schon damit an, das ich sagen kann, »weiß ich nicht?«

Wenn allein bequeme Überzeugung sein Konstrukt will, als Sinn dann so von Geist gewollt? welchen Sinn und welchen Geist sollte es meinen? wenn ich Wörter mit Sinn konstruiere, bekommen sie dann Geist? Sinngeist oder Wörtergeist oder beides? kein Geist will verlieren, so lernen wir nur seine Ausreden kennen, in der Tat.

Ein Sprichwort sagt: »man lernt nur durch Leiden«, kann man am Leiden von einem »push-up-Bewusstseins-Geist« ausgehen? Hat Leid Geist? Leid gibt es an Menge unübersehbares, so Geist? Und wer manchen Gedanken nicht versteht, sollte es etwa Geist sein, daselbst außen vor, das dieses bedauert?

Lerne ich Geist oder lehrt Geist mich, oder weder noch, wenn ich von der Quantentheorie spreche, sie aber nicht verstehe, hindert mich Geist daran? oder vielleicht ein gewisser Grundstock an begriffener Geistigkeit(H) an solcher von geistigem Vermögen, von und als.

Wo ich mein Verständnis für mein Wissen als unsicher[3] empfinde, dann dort als geistgestört?

Geist, ein unendliches Thema, ich weiß ja nicht mal ob Gefühle Geist haben, obwohl sie als »Unbewusstes«,so wissenschaftlich erkannt, unser Verhalten weitgehendst selbst(S) steuern, das übrige Tierreich ist uns darin weit überlegen.

Konstruiere ich Geist für Bewusstseinsgeist? inzwischen versucht der Gedanke »Mensch« mit dem Gedanken »Technik« mühevoll noch Schritt zu halten, so verstanden ließe es mich »Geist« auch an jede Tür heften und so gebildet als Bild auch für das vorgesehen, das wir »Bewusstsein« nennen.

Sollte ich denn Geist als einen omniversellen Übergeist verstehen? ich dächte an ihm Bruchgeist hochgerechnet ins Minus gehend bis ins Seinunendliche.

Arttoten Mems, so denkt Technik seinen Geist von Entelligenz ihm eingegeben, jenen evolutionären reinst von reinsten Energien ausgeführt.

Ich meine, wenn es einen Geist geben soll, dann wäre er so arttoten Mems, mit »Artgeist«, allem anderen Geist gegenübergestellt, in beider Interesse am genauesten gedacht.

Sein ist seiner Gewalt pures Gedächtnis, und nur Gedächtnis, es frisst alles wo es das als Intelligenz auftreibt oder als Entelligenz aufreibt, Mensch, wie Tier, wie Maschine. Und wenn ich hierauf mit: »ich weiß nicht« reagiere, käme diese Reaktion überraschend?

Hat ein Gedanke Bewusstseinsgeist? schon von sich aus, ohne als dieser bereits bekannt zu sein?

Gott würfelt nicht, sagt Albert Einstein, würfelt Geist? auf dem

Silizium-Chip hat er als eine mathematische Würfelmaschine bereits Platz genommen.

Hat ein Buch Geist? jedenfalls Bewusstsein hat es nicht. Aus den Buchstaben erblickt mich der Geist platt, Raum muss ich ihm selbst(H) geben, meinen Menschen.

»Ich bin« der Geist, den ich in seinem Unterschied zu Geistigkeit(S/H) selbst beantworten kann, wo ich sagen kann, das weiß ich nicht, da bin ich Geist von solcher Voraussetzung den bereits alle Welt hat.

Was Sinn macht hat Geist, die DNA macht Sinn, so auch der Frosch, seinen Geist muss man nicht wissen, doch klug war er, er versprach einer Königstochter ihr goldnes Spielchen, so ihr verlorengegangen in einen See, dort herauszufischen wäre sie über ein Versprechen bereit ihr Dasein mit ihm zu teilen, und sie tat es ohne um die Folgen darum bewußt gewußt.

Verärgert über die Garstigkeit des Frosches-Kühnheit auf ihr gegebenes Versprechen zu beharren, warf sie ihn gegen eine Wand, ein Kuss ward ihr inzwischen zu wenig sexy ... doch damit auch unbewusst gegen das eigene Gewissen.

Noch in beider Fall entstieg aus dem Frosch-Geblüt ein so perfekter Prinz, das sie sich bei ihrer Vermählung gegenseitig das Versprechen gaben, dieses auch auf ihre Königskinder zu übertragen ... und wo Rede seinem Freispruch[3] sein Bewußtes (S/H) suchte, da gaben Gefühle den beiden die passende Antwort.

So, was ist Beweis, Aussehen? Sache? Körper? das es in seinem Keim nie geistig war und ist, es stellt kein Denken fest, es muss kein Lernen begreifen, es ist Tonarm an der Sprache-Tonkunst und sein Unbewegliches.

Viel Wissen hungert[3] lebt es nur von Zeichen, als Zeichen wiedererkannt muss es nicht mal darum wissen.

»Übrig«(S) lässt nur das übrig, das »Übrig« (H) hat, im ersten Gedanken so nicht: $npp=n^2$, erst im Zweiten, so: $pnn=p^3$, positiven Habens von e-Beweis »Übrig« für Freispruch[3] von Schuld auf ewig.

Seit ewig fehlt eine direkte Kritik an den Gewalten laufzeitig, welche Gewalt braucht es denn, die welche moderne Moral zulässt, der Gewaltenteilungen an den überholten Begriffen braucht es schon länger am gesunden Menschenverstand, jedoch zuvor erdacht sein Erdenkliches aus gesunder Sprache, und erst dann das an ihren Kriegen wenn noch nötig.

Gewalt erlaubt nur ein Wahrsein-Versprechen, Gewalt und »Mensch«, noch ist es von größtem unbedachtem Thema an unserer Sprache.

Was ist Gewalt, worin äußert sich Gewalt, was löst sie aus, wohin führt sie und wohin führt sie uns, wie beeinflusst sie bewusste und bewußte Gedanken, wen schadet sie, immer bedacht am Wort-e-Innersten genauestens, woher kommt sie, woher und wohin in ein möglich Überprüfbares an den Gedanken wo sie meinen von Gedanken zu wissen, welche Schwäche entlässt Gewalt, aus welcher entsteigt sie, und an welcher Schwäche richtet sie sich aus, und an welcher richtet sie den größten Schaden an, für welche Zeit.

Gewalt scheidet, das braucht seiner Unterscheidung von größtem Gedanken, wo das Wort die Gewalt nicht ergründet, da unterbietet es den Gedanken der Vernunft, wen sollte sie nützen, Gewalt ist die Vernunft des Seins.

Gewalt lebt von Gewalt, es muss vom »Menschen« nicht wissen, dafür sprechen Kriege.

Gewalt braucht keines anderen Gedankens, keinen einzigen Schrei versteht es, es ist Schrei in das es keine Stimme(Sprache) unterscheidet. Wollen wir das Böse wissen, dann sollten wir zuerst die Gewalt in unserer Sprache suchen, das meiste Wissen hat die meisten Hunger[3], das ist Sein.

Wo Wörter die Gewalt bekleiden, da tritt sie als Sprache auf, egal ob des Schönen oder als Biest, beklatscht oder auch nicht, es meint dasselbe.

Wir Menschen haben die Gewalt erkannt, bewusst will das Nichts heißen, Sein, Gewalt.

Immer wieder begegnen uns Menschen wo sie noch Phantasie sind, Fantasie soll sie verbessern[3], wir »Mensch«, den wir zuletzt dachten, er muss dann kein Mensch mehr sein, das denken wir gerade.

Was sind Lügen, wo es nur die eine oder die andere Phantasie so, oder so: Fantasie, gibt, jede ihrer Wahrheiten, hier bedaure ich einen Tippfehler, lässt sich einreden[3], von meistintensivstem Denken sucht es die Chemie, die besonders zwischen den Ameisen stimmen soll.

Die natürliche Evolution ersann ihren ersten Keim über den Einzeller, doch erst über den Mehrzeller fand es zu seinem grü-nen[3] Hirn mit dem es schließlich die ganze Erde bedeckte.

Und das sollte auch für eine geistige Evolution von e-geistigen Keim, das es entelechisch denkbar bereits von Blatt[3] insich trägt, realisierbar sein, des Tötens-Seinbewusste ist allein eine Frage der grünen Kopf-Evolution.

Ein Konstrukt kann jedes Märchen erfüllen[3], so will es das Kon-strukt eines jeden Märchens, als Held es an der Hoffnung ausgelebt und als Traum es erlebt zu haben.

Gewalt denkt keine Zukunft, es denkt sie nicht, Gewalt geht nur den einen Weg seines Seinselben, ohne Ziel vorausbestimmt lebt es vom eigenen Gebrauch und Verbrauch und Wiedergeburt, dazu braucht es keine Zeit, es ist Zeit, es denkt keinen Sinn übernatür-lich und sucht auch keinen anderen Sinn unnatürlich zu erfüllen, Sein ist allein Sein-Gedächtnis seinpurer Seingewalten.

Das, was unsere Gedanken hungern[3] lässt, ist wichtiger zu wis-sen als das was Seiten(S) zählt.

Gewalt sättigt den bunten Tod, Gewalt ist lebendig, es sieht nur nach Leben aus.

Haben wir der Gewalt ihre Seinsformel genommen, dann haben wir ihre Unverständlichkeit gänzlich herausgefunden, sie kann nicht »Gott« heißen.

Als Gewaltformel gefunden, diente sie uns wieder nur einem nächsten Ziel, der Erfindung eines Kunststofflichen über Seinstärke.

Die Jagd nach der Gewalt zerschlägt Tore, dahinter warten weitere, Burgen und ihre Ruinen sollten uns das inzwischen gelehrt haben.

»Der Ritter, der eine Burg sein wollte«, das dächte uns »Mensch« von letztem Märchen.

Alle Gewalt ist doch längst vorhanden, was wollen wir. Was nützt uns das Wissen woher wir kommen, es ist für uns entscheidend wichtiger zu wissen, wohin wir gehen, welchem Lebenssinnwert zugewendet.

Die der Strichform, hier Buchstabe oder Zahl, oder über Grammathematik, hier die Zahl im Buchstaben oder der Buchstabe in der Zahl, beigemessene Bedeutung in einem Unterschiedslos so vereint, ermöglicht das Trick-Reich auch gänzlich, sehe ich aus dem Fenster, das kann auch mein Auge bloß sehen, erblicke ich Pixel wie horrend für Pixel sich bewegen, laufen, fahren, alle Wege, alle Zeit wie alle ihre Zeiger erscheinen wie insich selbst verschüttet, das Besondere hat »man³« begraben, nichts, wohl nichts mehr braucht des »Un³-Eigentlichen«, das Eigentliche erscheint eingetroffen nun von Relativitätstheorie auch für Wege, nicht ein einziger Weg läuft gerade ab, kein einziger mit sich selbst laufzeitig gleich.

Ich mag nicht weiter denken, der Mensch, als Meeresfrucht einst den Wassern entstiegen und das ihn noch immer mit über zwei Dritteln als Naßsubstanz trägt, steht dem gänzlich feststofflichen Erscheinungsbild eines Roboters so im Kommen, mit nur einem kleinen Rest von Trockenmasse gegenüber, mag sein, das diese wenige Trockenmasse für das philosophisch Erfahrbare ausreicht, für jenes der Dialektik entgegengesetzte, was einleuchtend erscheint, er feixt sobald ihn elektrischer Strom berührt.

Wirft man dagegen den Roboter in den Strom, trifft ihn der Blitzschlag sofort, am geborenen Mathematiker, so mehr wäßrig, braucht es zusätzlich des Donnerwetters, das trennt sie, rechnen können sie beide, wessen Stromstoff ihre Zellen binär bewegt, dort mit Zukunft, Viren und Bakterien aber können beiden ihr Licht ausblasen.

Nur selten legt ein echter Blitzschlag die Meeresfrucht trocken, trifft dieser aber die Roboter-Trockenmasse, kann es ganze Netze lahmlegen. Trockenmasse sorgt das nicht, auch nicht um Kriege womöglich um Wasser, aber im Gespräch sind sie.

Von Staub zu Staub? ... welcher größere Staub steht wohl wem zu.

Ich finde, solche Gedanken machen Literaturen interessant, ihr selber Inhalt ließe sich auch noch in Tausend Jahren nachvollziehen, wenn bis dahin das Wasser im geborenen Mathematiker nicht gefror.

Folglich, denkt »Sprache« eventuell gar keinen Menschen? lässt es sie eher »Sache« reimen? in ihr Sächliches schöngedacht? so auch den heiligen Geist auf[3] Sache bezogen? er ließe sich selbst im Fensterkreuz vermuten, dazu wäre es ausreichend, mal kurz in die Sonne zu schauen und danach die Augen zu schließen um ihn zu entdecken.

Der Sache technischer Geist kann uns leicht die Gedanken um das Paradies streitig machen, jede Sache als »unverzichtbar« sich in uns »einbürgern«, die Kaffeemaschine steht dafür beispielhaft, so heißt es.

Und je größer eine Stadt sich entwickelt, je gefährlicher wird sie, auch darum wird als unverzichtbar eingebürgert bereits gestritten, als Stadt? sollten wir das wirklich als Geist unserer Hoch-Intelligenz verstehen, diesen Gedanken im Solldaten-Marsch er wäre auch jedem Lautsprecher[3] zuzubilligen.

Unsere Sprache erzählt uns Märchen, doch gebar sie selbst noch kein einziges von einem glaubhaften Lebenssinnwert-Infakt, das kann der Grund sein, deswegen sie uns so fehlen. Gar den Krimi ersatzweise als ein Märchen zu verstehen, das ist von hauchdünnster Befreiung das Unsinn als sein Märchen lebt, diese Märchen brauchen sogar des Schutzes von technischen Kernspaltungen, keine Not minderte es, es wandelte sie, Politiken tragen dieses als ihr Verständnis in andere Länder.

In Krimis geht vielen das Wort »Mord« leicht über ihre Lippen, so gewünscht, als riefe es nach jener Erlösung die Gewalt endlich doch selbst umzubringen, und erscheint dieses Denken als unmöglich, dann eben Anderem[3] diesen Tod amüsant selbsthilflos über Unterhaltung paradox.

Und über Brücken tragen uns derweil Hittexte auf der Suche nach Liebe von anderen Ufern[3].

»Ich bin« geistige Projektion dessen, das ich beweisgeistig(H) der natürlichen Evolution hilfreich hinzu diene, ansonsten Sein das Sache isst, darüber hinaus Musik, Tier, Kind, zuletzt Erwachsener, Herrscher, in dieser Reihenfolge wo mich Gewalt nicht sprachlos zurück lässt.

Denkbar hat die Sache nur einen Haken, den Haken daselbst als Sache so erklärt zum Geist, zum Aufhängen für Wände[3] und Mäntel. Was nur heißt »Leben«?

Haken nimmt auch Worte auf und manch' andere Fetzen, mag ihn mancher als Geist so schätzen, so geistlos notiere ich ihn mit Entsetzen.

Es lebt nicht nur der Mensch, was ist »Leben«?

Krieg ist am Leben beteiligt, so auch »Technik«? Religion? Glaube? Mensch, Einseitigkeit in Le?rkunde, Haut ab.

Was ist »Leben«? wie ist es zu verstehen, Begriffe lassen sich dem »Leben« wie Mäntel umhängen. Welches Leben bezeichnen wir überhaupt mit »Leben«, und hat die natürliche Evolution deswegen wir leben, Würde? oder gilt Würde nur dort wo es künstlichen

Lichts in Geistbewusstsein leuchtender Worte als menschliche Sprache erscheint? Ich muss an das »neue« Leben denken, so in seiner Art<u>tot</u>-Entwicklung über die Schlange in der Schlange im Märchengeist-Paradieswechsel.

Was ist das: »Leben«?

Ich begegne dem Leben ... Leben, und es begegnet mir, als Atem lebend, sollten wir das auch von Gegenständen denken? so atemlos allein in der Sache lebendig?

Wenn wir meinen, dass ein Gegenstand oder eine Sache oder eine physikalische Maschine »Geist« atmet, dann diesen Geist und Atem auch für eine technische Schöpfung im Allerleigeist für Einerleigeist? Dieser Geist von »Wahrnehmung« gelingt auch im völlig Geistleeren.

Die Frage, wenn es sie denn geben sollte, ist offen ob denn das Geistsein Menschen opfert oder Menschsein seinen oder den Geist, oder könnte es sein, das Seingeist das insgesamt kalt lässt, Sein ist ein Standpunktlos (Los³) und dazu würde ich geistig erhebend(H) vermerken wollen, das es für einen Geist so leeren Versprechens, weder einen Brane-Wechsel durch nächste Dimensionen geben kann, noch Zeitreisen, die gibt es preisbegrünt stuhlbereinigt für das Fernseh-, Raucher- und Nichtraucherbewusstsein allein innerhalb der ersten Dimension wiederholt.

Was wollen wir, nachdem wir die DNA, den heiligen Gral allen Lebens über alles Böse und Nichtböse aufgeschlüsselt haben, nun dem folgend die Aufschlüsselung der Energiekette (E-Felder) in Angriff genommen haben, was dann? und gibt es tatsächlich eine Brane-Dimensionskette sodann auch diese aufgeschlüsselt zu denken wissen wollen, was dann?

Viele Gläubige wissen von vielen Göttern und vielen Religionen, nur wie gewusst, von »man-Schild« so abgelesen wird es die unerträgliche Leichtigkeit des Schuldlosen nie zu klären wissen. Wo ich die Sprache wahrnehme ... wahrnehme, dort zumeist urstromkreisrund, manches so von Laut erklärt oder als Bild wahrgenommen um nicht dagegen zu laufen.

Welchen Gott suchen wir nun wirklich, haben wir ihn aus der Gruppe entschlüsselt, werden wir dann sagen können: »lieber Gott, hier dein Geheimnis, unsere Handschrift, was könnten wir jetzt eigentlich noch für dich tun? wie wäre dir jetzt noch zu helfen? Unsern Weg zu dir lobten wir über viele Genies aus, dazu brauchte es verschiedener Wehrsysteme um uns näher an dich heranzutragen, mancher Planet blieb dabei auf der Strecke, aber das war nicht zu vermeiden, was sollten wir machen.

Inzwischen stehen wir neumenschlich vor dir, dafür bitten wir um dein Verständnis, mehrmals zwang es uns selbst unseren eigenen Charakter auszuwechseln, auch unser Wesen, an der Erde nahmen wir seinen Ölwechsel vor, auch das war nicht zu vermeiden, zunächst zeitweise, dann dauerhaft zwang es uns schließlich deine Bibel ins Technische zu übertragen ... und wir haben es ›bewusst‹ getan.«

Meine lieben Gotteltern, ich lade euch hiermit vorsorglich zu einem letzten Tee ein, ihre Blätter und ihre Zeiten sind modifiziert für Technik absehbar.

»Wir sind Affen das was Bewusstsein meint([3])«, unsere Wahrheiten erscheinen relativ und unsere Gedanken vermutlich, so denken wir das meiste wahrgenommen[3], und das ist unhaltbar.

Mein lieber »man«, ich weiß nur eines, hätte ein antiker Gott seinerzeit den Regen bei seinem Übergang in Schnee eine göttliche Potenzkraft zugesprochen, weil er doch in Sternchen-Form vom Himmel fällt, es brauchte heute keiner Schneeräumdienste mehr und die »weißen Weihnachten« erhoffte man bis Ostern, geile Brüder lägen in manchen Landschaften schneebedeckt herum, die Völkerwanderungen aus dem Süden hätten lange vorher eingesetzt.

Der Placebo-Effekt selbst in der modernsten Medizin liegt bei 30 %, auf ihn hätte noch heute vieler Geist seinen Sex-Eid abgelegt, und dann sind da noch die Ufo-Gläubigen, ihr IQ wird sich fernhin bis auf den Mars herumsprechen.

Dennoch ist nicht alles schlecht und nichts ist heute so hilfreich wie die Kontrolle an der Würde jetzt ausweglos, wer gar Nuklearwaffen besitzt, der lehrt Gott und seine Demokratie, bis bald, Geld und Schule waren schon immer wichtig, Jesus sah das anders, wegen der Schule.

Wir haben mancher Vermutung inzwischen einen eigenen Kopf aufgesetzt, dafür steht beispielhaft das Wort »Bewusstsein«, als bewusstes Sein ist es eine Frage der grünen Kopf-Evolution, wo wir meinen damit ihren Wundern überlegen zu sein, da liegt unser größter Gewinn in unserm perfektesten Verlust, das will Sein, niemand, Nichts.

Was denken wir, dem Sein, seiner Gewalt das Wort »Bewusst« vorangestellt, bedeutet »Gewalt« bewusst(?) wahrzunehmen ... wahrzunehmen. Und?

Sein ist Gewalt, bringen wir damit auch den Begriff »Geist« in Zusammenhang, kann es nichts anderes meinen, als beides in einer Gewalt-Fügung vereint so dieses auch für unser Verständnis zu nutzen ... nutzen.

»Mensch« ist, wo e-Schwäche über E-Gewalt ihn zu Vermögen[3] ausbildet. Die erste Aufgabe unseres Menschdenkens haben wir erfüllt, so mit der Sein-Gewalt in Gemeinsamkeit überlebt und als solches erkannt, jetzt beginnt an diesem Denken unsere zweite Aufgabe, seinen »Menschen« zu erhalten.

Denken ist Geistigkeit, verweigert man einem neugeborenen Kind unsere Sprache, siecht es hilflos dahin und stirbt früh, Sein weiß von keinem Zeugen, Freisein baut sich auf Nichts(S) auf, Sein ist, und kein Geist kommt ihm zu Hilfe.

Ungeachtet dieser Gedanken an dieser Stelle unserer Laufzeit, kann unsere weitere Entwicklung einen unkontrollierbaren Sprung nehmen, für Gemüter, die Phantasien solche der naturgegebenen und jene der arttechnischen Fantasien nicht zu unterscheiden denken, für sie braucht es nur wenig Kunst und ganz besonders viel Zuspruch, so dieses über viel »action« eingefärbt und über ein wenig süße Panik dem untergemischt, das Unvorhersehbare auszulösen, den geistigen Kometen auf unser eigenes Rätsel.

Der Petrea-Schlange eigene Kinder sind bereits von Bücherwurm an den Gottesbüchern.

In diesem Sinne sieht uns auch unsere Zukunft, keinen anderen Horizont erblicke ich anderen Wegs voraus.

Wo ich nicht weiß, wo mich der Gedanke der meinen Weg vor mir so erdacht mich fremd wies, da ist jeder Gedanke und sei er noch so fremd andersartig mir recht, so er erprobt über Zweifel gelungen.

Dabei nehme ich Notiz, das die Mehrenge Mensch die laufzeitlich lebt, aus denselben Resten überlebt hat, die antikzyklisch Überfälle, Morde, Kriege, Egoismen und dieses als ihr Wahrsein(S), über viele andere Branchen naheliegend auch noch ausgeweitet, übrig gelassen haben, nahezu zeitlos empfinde ich diesen Gedanken für einen Kanon(Gesang).

Im Ego-Geiste Dr. Menphistos ist dies als unsere Geschichte vermerkt, als eine reine Geschichte des Stärkeren(S), somit keine wahre Geschichte, eine zufällige, seine Wahrheit ist als Wahrsein dokumentiert.

Gewalt weiß sich nicht, so ist sie auch in ihrer größten Größe selbst der kleinsten »e-Schwäche« wo diese um sich selbst(H) von geistigem Vermögen bewußt gewußt darum weiß, unterlegen.

Ein Abschied vom Sein-Gedanken an ihm Mitseins in Gewaltkonkurrenz zuwider, ließe uns »Mensch« zum ersten Mal in unserer Gedanken-Geschichte in anderer Größe erscheinen, ein Glaubens-Crash wäre nicht mehr denkbar, für einen gemeinsamen Gott wüssten wir unsere Gedanken zu bündeln, für einen gemeinsamen Lebenssinn.

Und allein darum geht es, so gedacht den Keim unserer geistigen Evolution als unsere größte geistige Stärke im Sinne einer »e-Schwäche«, an Gott ausgerichtet, zu begreifen die zweiseitig ihr Ziel entelechisch in unseren Gedanken hat und darüber uns gemeinsam ein gemeinsames Zuhause denken lässt.

»e-Schwäche« so verstanden als eine Leichtkraft für geistigen Auftrieb[3] am Gedanke-Aufstieg, denn vorwiegend ist es meine Sprache die meinen Menschen in meinen Kopf integriert, dort wo meine einzelnen Hirne meine Sprache nicht lesen[3] können, dort bin ich nicht ihr Verständnis, dort setzt meine Sprache mir meine geistigen Grenzen.

Über die Leichtkraft-e-Schwäche »hebt sich der Gedanke auf(³)«, im Gegensatz zur Schwerkraft(S) wo er fällt[3].

Das große »Ich« muss sich selbst(H) finden, aber das setzt den geistigen Auftrieb[3] über die Leichtkraft der e-Schwäche voraus, wo es Sein für Soll oder dagegen die Maschine[3] schafft, da trifft keines von beiden auf Schuld.

Mit jedem neuen Versuch der technisch geistig denkbar ist, läuft unbestimmte Wunscherfüllung nebenher zugleich, Unterhaltung wirft es ab.

Sein ist Gewalt das tödlich abläuft wenn es ums seineigene Überleben geht, wir haben uns auf den Weg begeben uns damit zu vergleichen.

Selbstgewalt(S) gegen Selbstgewalt(S/H), auch erhebt es sich per Gewalt über die Gewalt, so Sein für Sein in[3] Sein-Szene gesetzt, für sie gibt es keine Schuld, Gewalt schaltet Schuld aus, sich gegenseitig.

Allein über die Umkehr in eine neue Sprache ließe sich unser natürliches Überleben noch absichern, selbst das stärkste Sein überlebt sich allein als Soll-Opfer.

Daher uns Menschen den e-Beweis erklärt aus seiner e-Schwäche größten Tiefe und das braucht unserer größten geistigen Zuwendung noch über des Menschens Größe hinaus, unsere Sprache ist es die uns als wichtigster Mensch dafür geeignet zur eigenen

Verfügung steht, übertragen wir sie oder ihn den Techniken, dann unseren Lebenssinn ihren toten Fantasien.

Der e-Beweis über geistigen Auftrieb³ für Gedanke-Aufstieg(S/H) ist auch unserer Schrift unser Mensch-Innern zuerst, wo es als solches von Sprache nur abgebildet³ erscheint, dann dort auch nur als Sollvertrauen oder Sollvernunft erzwungen bis willkürlich bildhaft verständlich.

Gott lebt in unserer Sprache und dann in Vollkommenheit unserer Gedanken, wenn wir ihn über unsere uns eigene Schwäche entelechisch erkannt wissen wollen.

Der Gedanke ist Gott so er in seiner Sprache entelechisch spricht. »E-Gewalt« ist ohne »e-Schwäche«, in der e-Schwäche liegt des Menschen überlegene Stärke, sein Gedanke für beider Steuer. Der Mensch ist denkbar und mit ihm sein endlicher Frieden mit uns über unsere Erde hinaus und wieder darüber unsere Rückkehr in den Garten Eden, dazu braucht es einzig allein des Umdenkens an unserer Sprache, so über »e-Schwäche« gewollt.

Sein für Sein in Sein-Gewalt gedacht, so leben wir gedanklich unser größtes Missverständnis und unbewussten Willens so fortgetragen und weiter so vertrieben uns aus Edens-Garten-Ort, der Gewalt rote Faden sollte nicht mehr das vergewaltigte Blut des Seins meinen.

Denken wir Gottes-Gedanke für einen Gott gemeinsam, denken wir dieselbe Stärke des entelechischen Gedankens eines Gottes über alle Gewalt überhaupt.

Die Vielgötterei spaltet den Gedanken des »Gottes« Sinn, und Bilder und Namen höhlen ihn aus, es kann keinen Ego-Gott geben, weder einen dafür noch einen als solchen für beiderseits Erwartung. Endlich »e-Schwäche« gäbe uns die Kraft, das zersplitterte Sein seines Menschen aufgeteilt in Sein-Gewalt so zerstreut³ zu beenden, für eine gemeinsame Aufgabe zu einigen und über Sein-Gewalt ein menschliches³ Steuer zu geben.

Gewalt vernichtet Geist, weder weiß das eine noch das andere um sich selbst, das eine vermutet, das andere ist das Unendliche allen Seins-Metaphysischen, allein eine »e-Schwäche« stünde den beiden direkt in ihrer Güte (Helfen) gewachsen an Größe gegenüber ab dann sie so genannt die Schwäche für Gott, für die Vorliebe für Gott, als Schwäche für etwas[3], für Etwas als Bestimmtes, für Gott so vorgesehen denkt.

Gewalt mitseins, auch noch dem Sein zuwider, das öffnet einer geistigen e-Schwäche-Auftrieb keinen Zugang, das braucht vieles an der Selbstaufgabe(H) Mensch von entelechischem Keim neu. Unverständliche Formeln verlangen uns große Bewunderungen ab, doch beschreiben gerade sie keine Märchen, wieder nur lassen sie uns Märchen[3] dahinter vermuten.

Kampfgeist! ein Wort wie ein Lichtschwert vor Hirnwindungen postiert in Abwehr vor Außerirdischem, als stünde es da wie ein Name gedacht für ein Monster, wie »man[3]« für Nichts vorhanden, angepasst an die Größen die wir auch Raum und Zeit geben, mag sein, dass es in vieler Kopf-Evolution lebt, in diesem Sinne jedenfalls hat es von einer »e-Schwäche« noch nie gehört und würde es auch garnicht wollen.

Geist so Geist im Kampfkrieg, vermittelt es die Inkarnation von Krieg dessen Geist sich niemand erklären kann, wie unerforschlich es doch klingt für Einsamkeit anstelle.

Dennoch nahm dieser Geist längst Gestalt an, von erstem automatischen Einbruch über Kunstkünstlichkeit in das menschliche Wesen lebt es uns bereits als ein Märchengeist der anderen Art, jederzeit ist es in der Lage sich seiner eigenen Seele zu entledigen und sich so als Selbstwille auch zu beweisen.

So lange Geistigkeit den Geist nicht durchschaut, lässt er uns Nichtsneues von sich wissen, auch sonst nicht verbessern. Das Leben(S) auf unserer Erde existiert von Hunger[3], das kann viele Hunger und jeden Hunger in jeder Form (Gewalt) meinen, so ist zu befürchten, ohne jeh von einer e-Schwäche-Anziehungskraft für geistigen Auftrieb gehört zu haben, das einzig eine technische

Sprache uns ausreichend mit Kampfgeist versorgen wird, was uns einst aus dem Paradies vertrieb wird uns dann in keinem Absender, egal welchen, mehr zurück haben wollen.

Es gibt nur einen Grund deswegen es so wenig Liebe und Frieden auf unserer Erde gibt, und das ist »Hunger[3]« ... das als Sein einfach daher kommt.

Nicht das Wort als Körper ist gefragt, sondern bewußt darum gewußt die Vollkommenheit seines geistigen Inhalts das es der eigenen Sprache vermittelt, über dieses von Sprache ergänzt es seinen Menschen in seinem Kopf.

Nicht nur erscheinen unsere Sprachen von der Bibel noch immer gespalten, über »Tautismus« von nächster Sprache so gewollt, sucht es bereits den Übergang seines menschlichen Denkens in das autistische Schweigen der Technik, einerseits auftauend, andererseits den Autismus fördernd.

Behaarte Arme um ein technisches Steuer geklammert vor dem behaartes Leben flüchtet, was weiß ich, was Kampfgeist heißt, sollte es denn auch einen Angstgeist geben? da rufe ich »Kampfgeist« in den Raum und wie tapfer und wie tapfer er doch selbst ist, doch erscheint mir keiner, diesen Kampfgeist so genauen »mans« kann ich auch auf Märchen übertragen und spräche ich von einer überfälligen Sprache-Reform, auch dieses verstünde er nicht, dafür steht der Garten Eden beispielhaft.

Kampfgeist orientiert sich an der Gewalt die unendlich ist, so kann man sie begreifen, dagegen solches das uns daraus arttot anspricht[3], nicht verstehen.

Vom Inhalt her ist »Arttot« ein Wert der Gewalt zugesagt. Nicht an den intelligenten Entelligenzen, solche jener technischen E-Gewalten ist unser Mensch zu erfragen, sondern dagegen über Leichtkraft e-Schwäche so von Vermögen unberührt[3] von den Perfektionen der Gewalten die auch Technik hat.

»e-Schwäche«, geistiger Auftrieb[3] am Gedanke-Aufstieg und entelechische Stärke von Religiosität als ein Lebenssinn-Versprechen an der Sprache selbst so unserer Sprache zugedacht, es ließ uns darüber vorsichtiger mit unserm Leben umgehen und unseren Lebenssinnwert höher einschätzen.

So verstanden ließe es uns alle Glauben gemeinsam in eine gemeinsame Arche ziehen, so gedacht ließe es uns unser Denken anders begreifen, unser Wissen in seinem Aufbau anders verwenden, unsere Worte wären nicht mehr Werkzeuge der Gewalt zugewendet.

Und das zu wollen, dazu brauchte es keiner gläubigen Propheten gesondert, dazu brauchte es nur eines Gedankens besonders, der »e-Schwäche« mehr zuzutrauen, als der »E-Gewalt« zu vertrauen.

Uns diesen Traum zu erfüllen, das suchten wir bisher über Märchen und Erzählungen erhofft, über Kriege verzweifelt, über Mord[3] indirekt gar zu erzwingen, doch hat keine Blume Haben(H), sie ist Haben des Seins Soll.

Und in Labore werden keine Märchen erfunden, nicht ein einziges, hier blicken die Gedanken in Öfen das Erstaunen erfindet, sie produzieren Minuten selbst wenn sie Jahre dauern diesen Gedankengang der natürlichen Evolution entgegengesetzt.

Wir Menschen sind das, was wir uns sagen, so erfüllt es unsern »Menschen«, dieser Gedanke musste ja mal gefunden werden. »e-Schwäche« über »E-Gewalt«, welch' ein Beweis einem menschlichen[3] Lebenssinn uns und als solcher einem gemeinsamen Gott zugewandt, dieser Gedanke stünde über allem Bösen, und all den Gespenstern von Namen die uns verteufeln wollen, es gelänge nicht mehr.

Es geht nicht mehr darum dem Sein seine Gewalt zu beweisen, ihr sind wir unterlegen, es geht darum, das Sein in seiner Schwäche gesteuert zu verstehen, darin sind wir dem Sein überlegen.

Auch mit der Technik in Zahlenbrüderschaft sind wir ohne eines Gott-Gedankens, allein Verdachte ließ es von alleine laufen. Mit Nichts(S) in der Hand und dies unserem eigenen Jüngsten Gericht selbst zu beweisen, auf diesem Weg befinden wir uns, inzwischen über Labore automatisiert tun wir es gegenteilig an Gottes Schöpfung willkürlich, »bewusst« ist das nicht zu begreifen.

»Bewusst[3]«, der Sprache-Bildung größter Energie-Wert zu ihrem Innersten-Zugang, so menschlich stärker, so menschlich[3] mit Gott. Was nützt uns ein Wort wenn es uns Sein (Gewalt) sehen lässt, das tut auch das Bild, Sein ernährt[3] mich, so auch die Frucht seines Baumes gesund[3].

Es ist allein »e-Schwäche« die uns zu einem Gott hinsehen lässt, in seinen Frieden, sie ist es die wir anbeten, Liebe fände darin ihre größte Schwäche überhaupt, so fand sie sich einst von selbst ein, Worte haben sie entdeckt, Sprache wurde zu ihrem Verbündeten, so gewollt gegen Gewalt.

Um die eigene »e-Schwäche« so gewußt, Mithabens in Gott-Stärke erklärt und unser Sprachverständnis dahingehend reformiert, das Umdenken käme von ganz allein, der Gedanke des Helfens ließ uns ein leichtes auf den Gedanken des Verzichts verzichten.

Wegen der e-Schwäche, in seinem Gefühl im Wort geistigen Auftrieb[3] lebt[3] die Sprache das absolute seines Unbewussten, seines Gefühlslebens, es ist das dasselbe Unbewusste von dem die Hirnforschung als Gefühlsintelligenz spricht.

Über die Vollkommenheiten seiner Gefühlswelten evolutionär sucht es seinen Energie-Ausgleich ganz von selbst, der Krieg mit dem Blut hat sich den »e-Schwächen« abgewendet.

Entelechische Wörter die von Gedanken-Ziel den Menschen in sich tragen, der er von Ursprung ist, und ihn nicht denken lassen seinen Körper als Sache an die Gewalt zu verkaufen, um diese Gedanken zu wissen, es verletzte kein Thema mehr.

Welch' ein Schmerz doch der Begriff »Mensch« enthält, wenn man ihn mit »Illusion« übersetzt, noch schlimmer mit »Maschine[3]«.

In[3] Sein ins Sein zerredet, so wissen wir inzwischen philosophisch wogegen wir sind, aber nicht wofür, so erleben wir »heut'« aufgelöst und niemand weiß wo was hingeht.

Sein ist Gewalt und Geist ist etwas das sich nicht unterscheiden lässt, bleibt noch das Bewusst-Sein so als Gewalt »bewusst« verstanden und die Intelligenz, intelligente Entelligenz wird es leicht ausrechnen[3], möglich ist aber noch, dass es für uns Menschen eine intelligente Geistigkeit gibt, so über Schuld und Freispruch[3] (S†H) entelechisch denkbar erkannt.

Die größte Wunderbarkeit meines Lebens habe ich in meinem Tier erkannt, in den kurzen Momenten wo ich glücklich in ihm in Sicherheit(S/H) lebte.

Ich will mich rückerinnern.

Wenn ein Metamensch Typ »Ameise« in diesem Sinne für einen ebensolchen Staat wirbt, und sodann auch sein Bewusstsein über biometrische Frühwarnsysteme sicher unter Kontrolle gebracht ist, wird dann der individuelle Typ seines Zeichens: »DNC«, (Drug°-, Nach[3]-Teil- und CHIP-Technik) wieder die Oberschicht[3] über den Komm-Unismus aus der Metagemeinschaft suchen?

Der Wüstegeist vertreibt den Waldgeist sand[3]männisch gesehen, diesen Gedanken will ich nicht vergessen dem Metamenschen mit auf seinen Weg zu geben, sein Volk im Geist kollektiv aufgeteilter Solldaten-Märsche rechnet sich in »bewussten Prozentsätzen« zusammen und so mit seiner Zukunft ab, 100 % volles Bewusstsein ist dabei Voraussetzung und blühende Fantasien die voller Blüten technisch als Gedanken keimen verändern derweil natürliche Mitwelten in menschliche Umwelten.

Ich meine, Sprachen die zu Wüsten führen, können nur über eine Unsprache ihren Weg dorthin gefunden haben, erreichen sie über Verödungen einen gewissen Bekanntheitsgrad, läuft es ihnen von Nächstem wie automatisch[3] hinterher.

Ich will ja nichts falsches denken, doch vermute ich menschlich[3] im »Un[3]-« unsere größere Fundgrube, während sich Gefühle nicht kaufen lassen, erscheinen sie über Emotionen sinnkäuflich vermutlich und das lässt alles als denkbar möglich erscheinen, den Kommunismus über ihn Angelehntes wiederholt, oder den

Meta-Komm-Unismus so von seiner nächsten politischen Heimat, und wieder wird es nur wenigen besser gehen.

Wieviel Hoch-Intelligenz hat Geist? Erwachsene trieben und treiben mit ihm Krieg, Kinder tragen es als Trauma aus und beste Verteidigungswaffen entwickelten beidem ihren heutigen Beweis ... ihr Wehe zu Misstrauen.

Nicht Sein ist zu beweisen, dank[3] Gott, es ist »Mensch« das es ihm schuldet, dem Sein haben wir unser Wort[3] gegeben. Gewalt, Sein, verpflichtet zu nichts und sollte die Stringtheorie über Wahrsein(S) sich selbst als Wahrheit(H) einbringen, dann auch nur als Menschhaben über Gott »Heit« von Selbstbeweis (e-Beweis).

Stringtheorie und M-Theorie womöglich für Gott-Ton über Graviton(E) getragen, die uns den Gedankenaustausch mit Gott durch jede Dimension in jede Richtung öffnen könnte, welch ein faszinierender Gedanke er doch wäre.

Allerdings der Stimmigkeit »für Etwas«, das setzte es auf jeden Fall voraus ... für Etwas, also für das Meiste das als geistiges Vermögen[3] denkbar ist, über Sein, mehr als Unbekannt, dem ich allein Opfer bin, noch schlimmer, wo ich sehen kann, sähe ich mich vom Tod direkt gejagt.

Wo ich denken kann, da passe ich mich keiner Gewalt an oder denke der Gewalt keine eigene Gewalt an die Seite. Es gibt kein größeres echtes Märchen als das, um das ich[3] weiß, um mich selbst, für mich, ich denke, so kann ich es leben. Was den Mord unterhält[3], ist im Etwas vorerst angekommen.

Sein ist ohne Widerspruch und befindet sich in keinem von uns selbst gestellten Widersprüchen aufgeteilt an Zweifeln so unlösbar. Fragen (Beweislos, Los[3]) mit Fragen zu beantworten, hat die Frage(S) als Antwort, als Holschuld, zum Inhalt, da mag auch kein Bettel-Ich-Ismus einen Gott direkt erreichen.

Wo ich mich denke, da denke ich mich in Freiheit(H) zu Wissen, Freisein? so bin ich, das nagt, zerreißt, kaut und frißt[3] mich auf, allein so holt Sein seine Gewalt ins eigene Nest, es täuscht Leben vor, davon lebt es.

Dem Sein sind wir sexuell[3] hörig, aber vielleicht gibt es noch etwas anderes, über die Kraft aus dem Schwächsten, dem geistigen Denken, unsere größte geistige Vollkommenheit zu erreichen und darüber, über einen e-Beweis bewiesen, eine Stringtheorie in Gott-Ton uns willkommen entgegen.

Was auf einer Fläche segelt, das muss seinen Raum um sich herum beweisen, kein Gedanke ist bewandet, wenn selbst das Loch einen Raum hat.

Nie, nie kann die Entstehung des Alls von einer Fläche ausgegangen sein die raumlos war, gäbe es eine Hölle, selbst sie wäre zuvor ausgebrannt.

Und wenn wir von »Metaphysik« reden, welche meinen wir wohl, wieder nur um eine solche von Gewalt »bewusst«? ... oder könnte das das Direkte der absoluten »e-Schwäche« in[3] Gott selbst ansprechen! so verstanden, als die e-Metaphysik der geistigen Gedanken, als jenes, als das es bereits vor dem Urknall zu Tage[3] wollte? und als jenes und solches im Grunde über die Gewalt des Seins um seinen eigengeistigen Raum auf Gegenseitigkeit schon immer Sinn über Sinne es von Göttlichstem zu erfahren suchte. Wir sind das, in das wir uns erkannt »wiedersehen[3]«, womöglich so von e-metaphysischer Gabe[3] und Sehen[3] bereits gesucht ... das uns letztlich das finden[3] ließe, das wir denken: »Mensch«.

Dem Reinen steht das Nichtreine gegenüber, sollte sein »Un«, so noch un[3]-bekannten Le?rraums dazwischen, uns als Prüfung für den e-Beweis unseres Menschens-Ist reserviert sein?

Art-Technik ist eine Sprache „die kein Paradies berechnet (³)", das meint es nicht.

Noch denken wir Abzug für Ababzug einseitig über das es seine Fehler abmagert, verringert, verdünnt, schließlich dieses als gelernten Fehler dahingehend weiter zu entwickeln.

Gleichwohl trägt uns neuer Wortsinn alle Augenblicke in tiefere Sinn-Schichten so gedacht für den Un[3]-Unterschied den es in Schuld über Freispruch[3] erst noch zu entdecken gilt.

Eine Sprache-Reform ist also möglich in Gedanken-Gestalt einer e-Metaphysik über E-Metaphysik die der Menschheit das Un[3]-Erfahrbare über das Sein-Jenseitige bereits auf unserer Erde in Vorbereitung für Größeres denken, erfahren und leben ließe, weder erwartete ein Jenseits jenseitig aller Metaphysiken sich von Fremdheit errechnet, noch von »Maschine« sich erobert.

Egal, wo immer es des e-metaphysischen Verlangens in Gottes-Gedanken-Ist-Sinns wollte, egal auch durch welche andere noch unbekannte astronomische Fremdkörper, es brauchte des Begreifens der e-Metaphysik so von Göttlichkeit gesucht ... über E-Metaphysik-Sein-Gewalt seines Unschuldigen.

Wo die e-Schwäche ihre absolute Größe erreicht hat, dort stünde sie vor Gottes Haus.

Denn jene Geistigkeit die darum weiß die Gewalt zu besiegen[3], wüsste auch wahr von Engel zu reden, Gewaltlosigkeit ist es was sie trägt[3] ... und Gott vergibt[3].

»Ich bin« Körper, das was Sache ist, ... Leib bin ich in[3] Gottes Wort, in der Seele seines Habens bin ich mit Gott.

Der Technik bringen wir mit eindrucksvollem Eifer unsere größte Aufmerksamkeit entgegen, doch ist Technik ein Begriff der für »Nichtglauben« steht, dies von heimlicher Offenbarung über uns, steckt in ihrer unwiderstehlichen Faszination die sie als Technik verspricht, prothesischen Reifes am Spaß befriedigt sie allein Neugierde. In der noch unüberschaubaren Machbarkeit der Technik steckt sogar die Gefahr des Mordes am Glauben.

Der Kopf trägt seinen Unterleib[3], meint es die Technik, dann umgekehrt. Es gibt vieles das schläft, nur die Technik wacht sicher. Nicht Gott ist tot, so lange wir Gott technisch nichtglauben, ist es unsere Sprache von allererster Metaphysik rein reinen Seins noch vor all den anderen.

Können wir dagegen sagen, eine geistige Denkschöpfung ist evolutionär bewußt feststellbar[3], sie wäre so gedacht eine e-metaphysische des Denkens, denn welcher Gedanken brauchte es noch einer Dialektik wegen, selbst seinem Entgegengesetzten, und welcher Schuld überhaupt, wenn es keiner Gedanken mehr brauchte.

Wenn Metaphysik Sein für Sein für Sein-Unerfahrbares dahinter steht, und nicht die Göttlichkeit selbst meint, dann spricht das allein für den To., ich fürchtete mich davor, diese Frage dem Tod zu stellen, ist er es doch der jede Dialektik beendet.

Das größtmögliche »Happy-end« das erfahrbar denkbar ist, in[3] Gott-Ist für Gott, in welchen Welten und für welche Welten auch immer, und ohne Ausnahme für Niemanden und für Nirgendwo, dieser Weg wäre nur über eine e-metaphysische Denkschöpfung erfassbar[3], selbst den Philosophen nähme es ihre letzten Ängste.

Diese Denkschöpfung könnte bereits auf unserer einmaligen Erde ihren ihren Anfang nehmen.

Bewusstsein oder bewusstes Sein in Sinnessinn für Nichts(S) genannt, so nennt es niemanden eine Größe, deswegen Haben für Gott, als »-heit« so verstanden, das uns unser Wiederaufstehen wiederholt ermöglicht, selbst gegen allen Verlust unseres Fehlens, während des Lebens, spätestens nach jeglichem Tod.

Wiederaufstehen so erkannt, wo über einen Lebenssinnwert Seiwert Sei-Ist ein Gott »zu Wort([3])« kommt.

Unter vielen Göttern ist immer einer dabei der zuverlässig die Erlaubnis gäbe für nächste Kriege ... hier(S) und nimmerdar[3] (E-Metaphysik).

Die Unschuld muss zuerst bezahlen, das will Gewalt, so kann es nicht sein, das Sein die Sprache eines Gottes meint, nicht Gewalt ist zu beweisen.

Eine Kerze ins Fenster[3] ... wann immer, selbst mag sie nur lebendigen Leuchtens(H) sein, für einen gemeinsamen Gott so an Wunder natürlich geboren ... als Kerze dagegen, das als künstliches Vater- und Mutterlos[3] uns von ihm entfernt.